RAKONTOJ DE E.A. Poe

Esperantigis Edwin Grobe

ESPERANTO-USA

2010

Tabelo de Enhavoj

Enkonduko

Oni kompilis ĉi tiun libron el kelkaj tekstoj, kiujn verkis la esperantisto Edwin Grobe en Usono. Ĉiu rakonto estis aparte vendita ĉe la retbutiko de Esperanto-USA en libreta formato. Pro ke multaj el la libretoj estas preskaŭ elĉerpitaj, mi decidis eldoni la rakontojn de Poe en unu volumo.

Bill Harris
Emeryville, USA
16 oktobro 2010

LA MURDOJ DE KADAVREJO-STRATO

La mensaj kvalitoj nomiĝantaj analizaj nur malmulte analizeblas en si. Ni taksas ilin ĉefe laŭ iliaj efikoj. Ni scias pri ili, inter aliaj informaĵoj, ke por posedanto posedanta ilin preterabunde, ili estas ĉiam fonto de la plej vigla ĝojo. Same kiel la fortikulo festegas sian fizikan potencon, ĝuante tiujn ekzercojn kiuj aktivigas siajn muskolojn, feliĉigas la analiziston tiu intelekta agado kiu *malimplikas*. Li spertas plezuron plenumante eĉ la plej bagatelajn taskojn utiligantajn lian talenton. Li ŝatas enigmojn, rebusojn, hieroglifojn, elmontrante en sia solvo de ĉiu, gradon da *sagaceco* kiu al la ordinara prikonscio ŝajnas preternatura. Liaj rezultoj, efektivigite de la animo kaj esenco mem de metodo, havas la tutan aspekton, verdire, de intuicio.

La solvokapablon multe vigligas eble matematika studado kaj precipe tiu plej alta branĉo nomiĝanta, maltaŭge kaj, kvazaŭ superlative, ununure pro siaj retroiraj funkcioj: analizo. Tamen kalkuli ne estas en si analizi. Ŝakludisto, ekzemple, kalkulas sed ne analizas. Sekvas ke ŝakludado, rilate al siaj efikoj sur mensan karakteron, ege miskompreniĝas. Mi ne verkas traktaton nun, sed simple antaŭparolas per hazarde elektitaj perceptaĵoj iom strangan rakonton. Tial mi elprofitos la okazon deklarante ke la superajn potencojn de la kontemplema intelekto pli rigore kaj pli utile laborigas malpompa matĉo de damludo ol ĉiuj komplikaj ŝakludaj frivolaĵoj.

Ĉe ŝakludo, kie la pecoj havas malsamajn kaj bizarajn movojn, kun diversaj kaj ŝanĝantaj valoroj, oni erare taksas profunda (kaj ne malkutima eraro ĝi estas) tion kio estas nur kompleksa. La *atento* ĉi-tie potence alvokiĝas. Se ĝi malvigliĝas nur momenteton, preteratentaĵo okazas, kaj rezultas vundo aŭ malvenko. Pro tio ke la eblaj movoj estas ne nur multnombraj sed ankaŭ envolvitaj, pli multnombriĝas la ebloj ke okazu tiaj preteratentajoj. Naŭ fojojn el dek estas la plej koncentrema kaj ne la plej akrapensa ludanto kiu venkas.

Ĉe damludo tamen, kie la movoj estas unikaj kaj havas nur malmultan malsamecon, malmultnombriĝas la ebloj preteratenti kaj la atentokapablo havas nur ioman utilon. Tial, se iu ajn ludanto pridisponas avantaĝojn, tiujn li gajnas pere de supera sagaceco. Por iom konkretigi la temon, ni imagu damlud-matĉon en kiu restas nur kvar damoj kaj kie, kompreneble, ni ne rajtas atendi preteratentaĵon. Memklare estas ke ĉi-tie venko efektiviĝas (ni supozu la ludantojn egaltalentaj) nur pere de bonege konceptita movo rezultigita per forta mensolaboro. Maldisponante kutimajn rimedojn, la analizisto sin transĵetas en la spiriton de sia kontraŭstaranto, sin identigas kun tiulasta kaj tiumaniere ne malofte prikonscias ekrigarde la ununurajn rimedojn (foje eĉ absurde facilajn) per kiuj delogi en eraron aŭ hastigi en miskalkulon.

Jam de longa tempo oni konscias pri la forta influo kiun vistoludo alportas al la homa kalkulpovo. Homoj havantaj la plej altkvalitan intelekton laŭraporte distriĝas pretermezure ĝin ludante dum ili sin senigas kontente je ŝakludado, taksante tiulastan frivola. Preterdube, ekzistas nenia samspecaĵo povanta tiom forte laborigi la analizkapablon.

Povas esti ke la plej bona ŝakludanto de la tuta Kristanlandaro estas nur la plej bona ŝakludanto. Sed kapablo pri vistoludado ampleksas kapablon sukcesi pri ĉiuj tiuj pli gravaj entreprenoj en kiuj menso kontraŭbatalas menson.

Kiam mi diras "kapablo" mi voldiras tiun perfektan ludlertecon inkluzivantan komprenon pri *ĉiuj* fontoj el kiuj laŭleĝaj avantaĝoj haveblas. Tiuj estas krom multnombraj, ankaŭ multformaj kaj ripozas ofte en pensadkaŝejoj nepre neatingeblaj al ordinara komprenado. Observi atente estas memori klardetale. Kaj ĝis tiu punkto koncentrema ŝakludanto povas bone sukcesi ludante viston ĉar la reguloj de Hojlo (bazitaj sur la nura meĥanismo de la ludo) estas sufiĉe kaj ĝenerale kompreneblaj. Tial disponi pri retenema memoro kaj agi "laŭlibre" estas la nepraj kvalitoj kiuj konsistigas, laŭ ĝenerala opiniaro, bonan ludadon.

Sed estas pri aferoj situantaj eksterlime de nuraj reguloj ke elmontriĝas la lerteco de la analizisto. Li faras, silente, aregon da observaĵoj kaj induktoj. Same agas, eble, liaj kunludantoj, sed la diferenco en la amplekso de la akiritaj informaĵoj sidas ne tiom en la valideco de la induktado kiel en la kvalito de la observado. La bezonata scio estas: *kion* observi? Nia ludanto nepre nenie sin limigas. Aldone, kvankam la ludo estas la celobjekto, li ne malkonsentas fari induktojn bazitajn sur eksterlude situantaj indicoj. Li kontrolas la mienon de sia partnero, ĝin komparante kun tiu de ĉiu kontraŭstaranto. Li konsideras la manieron en kiu ĉiu ludanto aranĝas enmane la kartojn, ofte kalkulante atuton post atuto, honoraĵon post honoraĵo, laŭ la rigardoj kiujn la rigardantoj direktas sur ilin. Li priatentas ĉiun mienŝanĝon dum antaŭenevoluas la ludado, amasigante provizon da pensmaterialo bazitan sur la diferencoj de sentosignaloj: certeco, surprizo, triumfo, ĉagreno. Laŭ la maniero enmanigi prenon li taksas ĉu la enmaniginto kapablas sukcesigi ceteran en la sama emblemo. Li rekonas karton ruzluditan per la maniero en kiu la kontraŭstaranto ĝin surtablenigas. Hazarda aŭ senatenta vorto; senintenca faligo aŭ renverso de karto kaj la kuniranta anksieco aŭ senzorgo de la klopodo tion kaŝi; la komptado de la prenoj kun ilia aranĝordo; embaraso, hezitado, avideco aŭ timego—ĉiuj havigas al lia ŝajne intuicia perceptado indicojn pri la vera aferstato. Je la fino de la du-tri unuaj ludrondoj li jam scipposedas la plenan enhavaĵon de ĉiu ludmano kaj ekde tiam antaŭen deponas siajn kartojn kun nepre preciza intencado kvazaŭ la ceteraj ludantoj jam eksterenturnintus siajn kartaversojn.

La analizkapablon ni ne konfuzu kun simpla inĝenieco; ĉar, kvankam la analizisto laŭnecese inĝenias, la inĝeniulo ofte mirinde malkapablas analizi. La konstru- aŭ kombinscipovo, pere de kiu la inĝenieco kutime evidentiĝas kaj al kiu la frenologoj (erare, mi opinias) atribuis apartan organon, supozante ĝin esti prakapablo, elmontriĝis tiel ofte ĉe homoj kies intelekto en ĉiu alia maniero alproksimiĝis idiotecon ke abunde komentas la kondiĉon aŭtoroj pri moroj. Inter inĝenieco kaj analizkapablo ekzistas efektive ege pli granda diferenco ol

6

tiu ekzistanta inter fantazio kaj imago, kvankam en maniero nepre analoga. Okazas, verdire, ke inĝeniuloj estas ĉiam fantaziaj dum *aŭtentaj* imagemuloj ne povas iam esti aliaj ol analizaj.

La sekvonta rakonto ŝajnos al la leganto sendube speco de komentario pri tiuj ĵus proponitaj teorioj.

Loĝante en Parizo dum la printempo kaj parto de la somero de 18..., mi ekkonatiĝis tie kun iu S-ro C. Aŭgusto Dupino. Tiu juna estimato fontis el bonega, verdire eminenta familio, sed, pro sinsekvo da malkutimaj eventoj, malsuprenfalis al tiel malriĉa vivnivelo ke la energio de lia karaktero venkiĝis sub ĝi kaj li ĉesis frekventi la mondon aŭ entrepreni rekonsistigi siajn fortunojn. Pro la bonvolo de liaj kreditoroj ankoraŭ restis al li eta ero de lia heredaĵo, kaj, helpe de la enspezoj devenantaj de ĝi, li sukcesis, pere de rigora ekonomio, akiri la bazajn bezonaĵojn de la vivo sen devi okupiĝi pri ties superfluaĵoj. Libroj, efektive, fariĝis lia ununura lukso kaj en Parizo tiuj facile haveblas.

Nia unua renkontiĝo okazis ĉe malmultkonata biblioteko de Monto-Martiro-Strato kie nia komuna sorto, postulante ke ni serĉu sammomente la saman ege raran kaj ege mirindan volumon, nin pliproksimigis unu al la alia. Foje kaj refoje, denove kaj redenove, ni ekkunestis. Mi ege interesiĝis pri la mallonga familia historio kiun li rakontis al mi kun ĉiu tiu malkaŝemo kiun ĉiu Franco permesas al si kiam temas pri la memo. Surprizis min ankaŭ la vasta etendiĝo de lia legadsperto kaj, antaŭ ĉio, mi sentis ardiĝi mian animon pro la sovaĝa avido kaj la vigla freŝeco de lia imagkapablo. Serĉante en Parizo la celobjektojn kiujn mi tiam deziris, mi opiniis ke la kompanio de tia viro estos por mi pretervalora trezoro. Tiun opinion mi malkaŝe sciigis al li. Finfine ni aranĝis kunloĝadon dum mia gastado en la urbo. Pro tio ke mia monprovizo estis malpli limigita ol lia, mi konsentis lui kaj mebli, laŭ stilo konvena al la iom fantazia malĝojo de nia komuna karaktero, tempoeroditan kaj groteskan domegon, de longe dezertan pro superŝticoj pri kiuj ni ne enketis, kaj falantan en kadukecon en apartigita kaj ruinigita parto de Sankta-Ĝermano-Kvartalo.

Se la mondo konsciintus pri la rutino de nia tiuloka vivado, ĝi nin taksintus frenezuloj—kvankam, eble, frenezuloj de senminaca karaktero. Nia izoliĝo estis nepra. Ni akceptis neniajn vizitantojn. Efektive, la situejon de nia retiriĝo mi zorge malsciigis al miaj antaŭaj kunlaborantoj kaj jam de multaj jaroj Dupino ĉesis gasti kaj gastigi en Parizo. Ni ekzistis entute inter ni mem.

Mia amiko ĝuis strangan fantazion (kiel alie mi nomu ĝin?): apartan amon al la nokto mem, por ties propra eco. Mi komencis partopreni tute bonvole en tiu *strangaĵo* same kiel en ĉiuj ceteraj tiaĵoj liaj. Kun nepra *senbrideco* mi konsentis pri liaj kuriozaj kapricoj. Kiam ne plaĉis al la zibelkolora diino gasti ĉe ni, ni falsis ŝian ĉeeston. Je la unua matena tagiĝlumo ni fermis ĉiujn masivajn fenestroŝutrojn de nia malnova konstruaĵo, lumigis paron da kandeloj kiuj, forte parfumite, eligis nur la plej palaĉajn kaj plej feblajn radiojn. Helpe de tiuj ni aktivigis niajn animojn pere de revado—legante, verkante, konversaciante—ĝis kiam la horloĝo nin informis pri la alveno de aŭtenta Malhelo. Tiam ni eliris la domon, celante ekskursadi en la strato, brako-sub-brake, daŭre diskutante pri la dumtagaj temoj, aŭ promenante tien kaj ĉien ĝis malfrua horo, serĉante inter la diboĉaj lumoj kaj ombroj de la granda urbo tiun senfinon da mensa ekscitado kiun povas havigi trankvila observado.

En tiuj momentoj mi ne povis ne prikonscii kaj primiri (kvankam lia fertila ideismo jam pretigis min ĝin supozi) apartan analizkapablon ĉe Dupino. Verŝajne ege plaĉis al li, se ne intence ĝin elmontri, almenaŭ ĝin utiligi, kaj li ne hezitis agnoski la plezuron tiel sentitan. Li fanfarone diris al mi, kun mallaŭta kluksona ridado, ke la plej multaj homoj, kompare al li, portas kvazaŭajn fenestrojn en siaj brustoj kaj li kutime subtenis tiajn deklaraĵojn prezentante senperajn kaj ege surprizajn pruvojn pri lia intima kono pri la mia. Lia maniero en tiaj momentoj estis frigida kaj abstrakta. Liaj okuloj sensigniĝis. Lia voĉo, kutime riĉtenora, iom sopraniĝis preskaŭ ĝis impertinenteco, konservante tamen sian ĉiaman zorgan kaj nepre klaran elparolmanieron. Observante lin sperti tiujn humorojn, mi ofte meditis pri la malnova filozofio de la Du-Parta Animo kaj distris min imagante duoblan Dupinon: la kreivan kaj la solvan.

Oni ne supozu, laŭ tio kion mi ĵus diris, ke mi rakontas misteron aŭ verkas romanon. Tio kion mi priskribis ĉe la Franco estis nur la rezulto de ekscitita, aŭ eble malsanigita, intelekto. Sed pri la karaktero de liaj diraĵoj en la koncernaj tempoj, ekzemplo pli bone komprenigos la aferon.

Ni promenadis iun nokton laŭ longa malpura strato proksime al Reĝa-Palaco. Okupiĝante ambaŭflanke, ŝajne, pri aparta meditado, dum almenaŭ dek kvin minutoj nek li nek mi eldiris ununuran silabon. Subite Dupino interrompis la silenton per ĉi-tiuj vortoj.

"Li estas ege malalta ulo, mi diru la veron, kaj pli bone taŭgus al Varieteo-Teatro."

"Tion ni ne pridubu," mi respondis aŭtomate kaj ne konsciante unuamomente (tiom mi priatentis nur mian propran meditadon) pri la eksterordinara maniero en kiu la parolinto eĥadis miajn proprajn pensadojn. En la sekvinta momento mia menso revenis al la nuna tempo kaj mia miro ekprofundis.

"Dupino," mi diris serioze, "tio preteriras mian komprenon. Mi ne hezitas agnoski mian miron kaj apenaŭ scipovas kredi miajn sensojn. Kiel eblas ke vi sciis ke mi pensis pri...?" Ĉi-tie mi paŭzis, dezirante ekcerti preterdube ĉu li vere scias pri kiu mi pensis.

"...pri Ĉantijo," li diris. "Kial vi paŭzas? Vi opiniadis silente ke lia malgranda figuro lin maltaŭgigas por tragedio."

La temo estis precize tiu kiun mi ĵus primeditadis. Ĉantijo estis antaŭa ŝuflikisto de Sankta-Deniso-Strato kiu, fervoriĝinte pri la scenejo, entreprenis ludi la rolon de Kserkso en la samtitola tragedio de Krebijono kaj sin ege malfavore kritikigis pri sia laboro.

"Diru al mi, nome de Ĉielo," mi deklaris, "la metodon—se temas pri metodo—per kiu vi sukcesis scipenetri mian animon pri tiu afero." Efektive, mi eĉ pli multe surpriziĝis ol mi bonvolis agnoski.

"Estis la fruktovendisto," respondis mia amiko, "kiu

9

instigis vin konkludi ke la plandumriparisto ne sufiĉe altas por ludroli kiel Kserkso aŭ aliaj samspecaj homoj."

"La fruktovendisto! Vi mirfrapas min! Mi konas nenian ajn fruktovendiston!"

"La viro kontraŭkurinta vin kiam ni eniris la straton—povas esti, antaŭ dek kvin minutoj."

Nun mi memoris ke, efektive, fruktovendisto, portante surkape grandan korbon da pomoj, preskaŭ terenfaligis min hazarde, dum ni elpasis C.....-Straton en la vojon kie ni nun staris. Tamen mi nepre ne komprenis kiu rilato kunligis tion kaj Ĉantijon.

Dupino estas neniel ĉarlatano. "Mi klarigu," li diris, "kaj, por ke vi komprenu klare ĉion, ni unue resekvu la itineron de viaj meditadoj ekde la momento en kiu mi parolis al vi ĝis tiu de la renkontiĝo kun la koncerna fruktovendisto. La pli grandaj eroj de la ĉeno estiĝas tial: Ĉantijo, Oriono, D-ro Nikolo, Epikuro, stereotomio, la pavimŝtonoj, la fruktovendisto."

Estas malmultaj homoj kiuj en laŭhazarda vivmomento ne elektis distriĝi rememorante la pensaditineron ilin kondukintan al apartaj opinioj. La entrepreno ofte plenas je intereso. Tiu kiu unuan fojon entreprenas la taskon miregas pri la ŝajne senlimaj distanco kaj senkohero apartigantaj la komenc- kaj la finpunktojn. Kiel granda tial estis sendube mia mirego kiam mi aŭdis la Francon anonci la ĵusan informon dum mi ne scipovis malagnoski ties veron. Li daŭrigis:

"Ni parolis pri ĉevaloj, se mi bone memoras, ĵus antaŭ ol eliri C.....-Straton. Tio estis la lasta temo kiun ni pridiskutis. Dum ni transiris en la nunan straton, fruktovendisto, portante surkape grandan korbon, rapide preterpasante nin tanĝamove, flankenŝovis vin sur amason da pavimŝtonoj tie kunigitaj kie oni riparas la irvojon. Vi surpaŝis unu el la malfiksaj ŝtonoj, stumbletis, iom tro streĉis maleolon, ekestigis ĝenitan aŭ paŭtan mienon, murmuretis kelkajn vortojn, turniĝis por rigardi la amason, tiam antaŭeniris silente. Mi ne atentis apartacele vian konduton, sed lastatempe observado fariĝis por mi speco de neprajo."

"Vi fiksrigardis la grundon, kontrolante kun iritiĝema

10

aspekto la truojn kaj sulkojn de la pavimento (tiel mi konsciis ke vi ankoraŭ pripensis la ŝtonojn) ĝis kiam ni atingis la vojeton nomiĝantan "Lamartino", kiun, eksperimentcele, oni pavis per superkuŝigitaj kaj nititaj blokoj. Ĉi-tie via mieno heliĝis kaj, vidante moviĝi viajn lipojn, mi ne rajtis dubi ke vi murmuris la vorton "stereotomio", terminon kiun oni pompe atribuas al tiu speco de pavimento. Mi sciis ke vi ne sukcesus diri al vi "stereotomio" sen ekpensi pri atometoj kaj rezulte pri la teorioj de Epikuro kaj, pro tio ke kiam antaŭnelonge ni pridiskutis tiun temon mi menciis al vi kiel malkutime, tamen kiel senrimarke, la svagajn divenojn de tiu eminenta Heleno konfirmis nia lastatempa nebuloza kosmogonio, mi opiniis ke vi ne povus eviti suprendirekti la rigardon ĝis la granda *nebulozo* en Oriono kaj mi nepre atendis ke vi tiel kondutu. Efektive, vi jes ja suprenrigardis kaj nun mi certis esti sekvinta ĝuste vian pensadvojon."

"Tamen en tiu akra riproĉado aperinta kontraŭ Ĉantijo en la hieraŭa *Muzeo*, la satiristo, aludante tiel hontinde la nomŝanĝon efektivigitan de la ŝuflikisto kiam tiu surmetis la kotornon, citis Latinlingvan linion pri kiu ni ofte konversaciis. Mi volas diri la linion: *Perdidit antiquum litera primum sonum* (La antikvan sonon detruas la unua litero.). Mi jam diris al vi antaŭe ke la citaĵo aludas Orionon, vorto kiu prae literumiĝis Uriono, kaj pro iuj ecoj havantaj rilatojn kun tiu klarigo, mi konsciis ke ĝin vi ne povintus forgesi. Klare estis, tial, ke senmanke vi kunligus la ideon pri Oriono kaj tiun pri Ĉantijo. Ke vi jes ja kunligis ilin mi konsciis vidinte la karakteron de la rideto transpasinta viajn lipojn. Vi pensis pri la oferbuĉo de la kompatinda ŝuflikisto. Ĝis tiam vi antaŭenkliniĝis piedpaŝante. Nun tamen mi vidis vin vertikaliĝi plenaltecen. Mi certis tiam ke vi meditadis pri la malalta persono de Ĉantijo. Tiumomente mi interrompis vian meditadon por rimarkigi ke pro tio ke li estas verfakte ege malgranda ulo, tiu Ĉantijo, li havus pli bonajn ŝancojn sukcesi ĉe Varieteo-Teatro."

Ne longe post tio, ni tralegis vesperan numeron de *Tribunala Gazeto* kiam la sekvontaj linioj kaptis nian atenton.

EKSTERORDINARAJ MURDOJ. Hodiaŭmatene, ĉirkaŭ la tria horo, vekis la dormantajn loĝantojn de Sankta-Roĥo-Kvartalo sinsekvo da teruraj ŝirkrioj fontintaj verŝajne el la kvara etaĝo de domo de Kadavrejo-Strato, apartenanta laŭ la ĝenerala scio ekskluzive al iu S-rino Lespanajo kaj ŝia filino Fraŭlino Kamijo Lespanajo. Post ioma prokrasto, okazigita per sensukcesa klopodo sin enlasigi en la kutima maniero, oni rompis la ĉefpordon per levstango kaj ok-dek najbaroj eniris, en la kompanio de du ĝendarmoj. En tiu momento la krioj jam ĉesis sed, dum la vizitantaro suprenrapidiĝis laŭ la unua ŝtuparo, du krudaj voĉoj, aŭ eĉ pli, aŭdiĝis kolere disputante verŝajne en la supera nivelo de la domo. Kiam la enirintoj atingis la duan etaĝon ankaŭ tiuj disputbruoj jam silentis kaj ĉio restis en nepra sensono. La kontrolantaro diskuniĝis diversdirekten, hastante de ĉambro al ĉambro. Alveninte grandan malantaŭflankan ĉambron de la kvara etaĝo (post malfermi perforte la pordon kies ŝlosilo troviĝis en la interna ŝlosiltruo), la enketantoj ekvidis spektaklon pli mirigan ol timigan.

Granda ĥaoso malbeligis la apartamenton: rompitaj kaj flankenĵetitaj mebloj kuŝis dise ĉirkaŭ la tuta ĉambro. Estis nur unu litkadro sed de sur tiu oni formetis la liton kaj ĝin ĵetis en la mezon de la ĉambro. Sur seĝo kuŝis razilo, ŝmirite je sango. Sur la fajrejo vidiĝis du-tri longaj dikaj bukloj da griza homhararo, ankaŭ trempetite je sango, kaj verŝajne fortirite ekde la radikoj. Sur la planko troviĝis kvar Napoleon-moneroj, topaza orelringo, tri grandaj arĝentaj kuleroj, tri pli malgrandaj kuleroj de Alĝera falsarĝento kaj du sakoj enhavantaj preskaŭ kvar mil orfrankojn. La tirkestoj de iu ŝranko, staranta en unu angulo, estis malfermitaj kaj verŝajne disrabitaj, kvankam ankoraŭ restis en ili multaj objektoj. Malgranda fera monŝranko malkovriĝis sub la *lito* (ne sub la litkadro). Ĝi estis malfermita kaj la ŝlosilo staris ankoraŭ en la pordo. Ĝi enhavis nur kelkajn malnovajn leterojn kaj ceterajn senvalorajn dokumentaĵojn.

Pri S-rino Lespanajo neniaj spuroj vidiĝis ĉi-tie. Sed malkutima kvanto da fulgo troviĝis en la fajrejo pro kio oni kontrolis la kamentubon kaj el ĝi fortrenis (horora rakontendaĵo!) la kadavron de la filino, renversitan kaj suprenŝovitan ioman distancon en la mallarĝan malfermaĵon. La korpo ege varmis. Ĝin kontrolante, oni rimarkis multajn ekskoriaĵojn sendube okazigitajn pro la perforto per kiu ĝi enŝoviĝis kaj eltiriĝis. La vizaĝo elmontris multajn severajn grataĵojn kaj la gorĝo malhelajn ekimozojn kaj profundajn ungonoĉojn kvazaŭ la viktimo mortintus pro strangolado.

Post kompleta enketo pri ĉiu ero de la domo kaj sen malkovri ceterajn indicojn, la kontrolantaro antaŭeniris en malgrandan pavimitan korton situantan malantaŭ la domo kaj tie kuŝis la kadavro de la maljunulino. Ŝia gorĝo estis tiel nepre tratranĉita ke kiam oni entreprenis levi la korpon, ties kapo forfalis. Kaj korpo kaj kapo estis horore mutilitaj, precipe la korpo kiu neniel similis homan estaĵon.

Pri tiu timiga misteo ĝis nun ekzistas, laŭ nia kompreno, neniega indico.

La sekvinttaga ĵurnalo raportis tiujn aldonajn detalojn:

LA TRAGEDIO DE KADAVREJO-STRATO. Multajn homojn oni jam intervjuis rilate al tiu ege eksterordinara kaj timiga afero, [la vorto *afero* ankoraŭ ne havas en Francio tiun humuran signifon kiun ĝi havas ĉe ni] sed okazis ĝis nun nepre nenio povanta ĝin klarigi. Ni citas ĉi-poste ĉiujn materialajn informaĵojn kunigitajn. PAŬLINO DUBURGO, lavistino, depozicias ke ŝi konas ambaŭ mortintojn jam de tri jaroj, lavinte vestaĵojn por ili dum tiu periodo. La maljunulino kaj la filino ĝuis bonajn rilatojn inter si, estis tre amemaj unu pri la alia. Ili pagis bonsalajre ŝian laboron. Havis neniajn informojn pri vivmaniero nek enspezkvanto de ili. Kredas ke S-rino L. sortodivenis por gajni vivmonon. Laŭonidire havis ŝparkonton. Neniam renkontis aliajn homojn en la domo

13

kiam kolektis aŭ liveris vestaĵojn. Certas ke ili dungis nenian servanton. Verŝajne estis neniaj mebloj en la tuta konstruaĵo krom kvaraetaĝe.

PETRO MOROO, tabakisto, depozicias ke li kutimis vendi etajn kvantojn da fumtabako kaj snuftabako al S-rino Lespanajo dum preskaŭ kvar jaroj. Naskiĝis en la najbarejo kaj de ĉiam loĝas tie. La domon en kiu troviĝis la kadavroj la mortinto kaj ŝia filino enloĝis dum pli ol ses jaroj. Antaŭe enloĝis ĝin juvelisto kiu vicluigis la superajn ĉambrojn al diversuloj. La domo apartenis al S-rino L. Ŝi malkontentiĝis pri la difektaĵoj kiujn la luanto estigis al la proprietaĵo kaj transloĝiĝis tien ŝi mem, malkonsentante luigi iun ajn parton. La maljunulino estis infankonduta. La atestinto vidis la filinon eble kvin-ses fojojn dum la ses jaroj. La paro estigis ege izolitan vivadon, laŭraporte disponis monon. Aŭdis najbarojn diri ke S-rino L. sortodivenas—tamen ne kredas tion. Neniam vidis eniri la domon iun ajn krom la maljunulino kaj ŝia filino, la pordisto unu-du fojojn, kaj kuracisto ok-dek fojojn.

Multaj ceteraj homoj, najbaroj, atestis samdetale. Ili menciis neniun kiel oftan vizitinton de la domo. Oni ne sciis ĉu S-rino L. kaj ŝia filino havas vivantajn parencojn. La ŝutroj de la surstrataj fenestroj nur malofte malfermiĝis. Tiuj de la malantaŭa domflanko estis ĉiam fermitaj, krom tiuj de la granda malantaŭĉambro de la kvara etaĝo. La domo estas bonstata konstruaĵo—ne tre malnova.

ISIDORO MUSETO, ĝendarmo, depozicias ke, vokite al la domo ĉirkaŭ la tria de la mateno, li trovis dudek-tridek homojn starantajn antaŭ la pordego, strebantajn eniri. Malfermis ĝin perforte tempofine, per bajoneto, ne per levstango. Spertis nur malmulte da ĝeno ĝin malfermante pro tio ke ĝi estis duobla aŭ faldpordego, riglita nek supraĵe nek malsupraĵe. La kriaĉoj daŭre aŭdiĝis ĝis la perforta malfermiĝo de la pordego—tiam subite ĉesis. Ili aŭdiĝis ŝajne kiel kriaĉoj de homo/homoj spertanta/spertantaj grandan doloregon. Estis laŭtaj kaj

14

longdaŭraj, ne mallongaj kaj rapidaj. Depoziciinto malfermis la suprenirantan vojon laŭ la ŝtuparo. Atinginte la unuan etaĝon, aŭdis du voĉojn kverelantajn laŭte kaj kolere. Raŭka estis la unua; ege pli strida, kaj stranga, la alia. Scipovis kompreni kelkajn vortojn eldiratajn de la unua voĉo, voĉo de Franco. Certis ke ne estis voĉo de virino. Sukcesis rekoni la vortojn *sacré* kaj *diable*. La strida voĉo estis tiu de fremdalandano. Ne certis ĉu ĝi estis vira aŭ ina voĉo. Ne sukcesis malĉifri la eldiritaĵon sed opiniis ke temis pri la Hispana lingvo. La staton de la ĉambro kaj tiun de la kadavroj la depoziciinto priskribis same kiel ni priskribis hieraŭ.

HENRIKO DUVALO, najbaro kaj faka arĝentisto, depozicias esti membrinta en la ensemblo unue enirinta la domon. Konfirmas ĝeneraldetale la depozicion de Museto. Tuj post kiam ili perfortis la enirpordon, ili refermis ĝin por ekskludi la homamason tre rapide kuniĝintan malgraŭ la malfruo de la horo. La strida voĉo, laŭ tiu depoziciinto, estis tiu de Italo. Certis ke ne estis tiu de Franco. Ne certis ĉu ĝi estis virvoĉo. Estis eble virinvoĉo. Ne konis la Italan lingvon. Ne scipovis rekoni apartajn vortojn, tamen konvinkiĝis pro la intonacio ke la parolinto estis Italo. Konis S-rinon L. kaj ŝian filinon. Tre ofte interparolis kun ambaŭ. Certis ke la strida voĉo estis tiu nek de la patrino nek de la filino.

..... ODENHEJMERO, restoraciisto. Tiu atestinto memvole proponis sian ateston. Ne scipovante la Francan, intervjuiĝis pere de interpretisto. Denaska Amsterdamano. Preterpasis la domon en la tempo kiam okazis la ŝirkriegoj. Ili daŭris plurajn minutojn—eble dek. Ili estis longdaŭraj kaj laŭtaj—tre hororaj kaj maltrankviligaj. Nombriĝis inter tiuj enirintaj la domon. Konfirmis la antaŭajn atestaĵojn pri ĉiuj detaloj krom unu. Certis ke la strida voĉo estis tiu de viro—tiu de Franco. Ne sukcesis rekoni la eldiritajn vortojn. Ili estis laŭtaj kaj rapidaj—malkonstantaj—eldiritaj verŝajne ne nur pro timo sed ankaŭ pro kolero. La voĉo estis raŭka— ne tiel strida kiel raŭka. Ne rajtis nomi ĝin strida voĉo. La raŭka voĉo diris ripete '*sacré*,' '*diable*' kaj unu fojon '*mon Dieu*.'

JULIO MINJODO, bankisto de Firmao-Minjodo-kaj-Filo, Deloreno-Strato. Estas la patro. S-rino Lespanajo havis bienon. Malfermis konton ĉe lia banko en la printempo de la jaro .... (ok jarojn antaŭe). Lasis ofte etkvantajn deponaĵojn ĉe li. Eltiris nenion ĝis tri tagojn antaŭ sia morto kiam proprapersone ŝi forprenis 4.000 frankojn. Tiun sumon la banko pagis ormonere kaj banka komizo ŝin akompanis hejmen kun la mono.

ADOLFO LEBONO, komizo ĉe Minjodo-kaj-Filo, depozicias ke en la koncerna tago, ĉirkaŭ tagmezo, li akompanis S-rinon Lespanajon al ŝia loĝejo kun la 4.000 frankoj deponitaj en du sakoj. Kiam la pordo malfermiĝis, Fraŭlino L. aperis kaj forprenis el liaj manoj unu el la du sakoj dum la maljunulino liberigis la alian. Tiam li riverencis kaj foriris. Vidis neniun en la strato en tiu tempo. Malĉefstrato ĝi estis—tre soleca.

GILJOMO BIRDO, tajloro, depozicias esti membrinta en la ensemblo enirinta la domon. Estas Anglo. Loĝas en Parizo nur de du jaroj. Estis unu el la unuaj suprenirintaj laŭŝtupare. Aŭdis la voĉojn en kverelado. La raŭka voĉo estis tiu de Franco. Rekonis plurajn vortojn sed ne povas ĉiujn rememori nun. Aŭdis klare '*sacré*' kaj '*mon Dieu*.' Estiĝis en tiu momento sono kredigante ke pluraj personoj interluktas—gratsono, skrappaŝsono. La strida voĉo estis ege laŭta, pli laŭta ol la raŭka voĉo. Certas ke ne estis voĉo de Anglo. Sonis kiel voĉo de Germano. Eblas ke estis ina voĉo. Ne komprenas la Germanan.

Kvar el la suprenomitaj atestintoj, revokite, depoziciis ke kiam la enketintaro atingis la ĉambron en kiu troviĝis la kadavro de Fraŭlino L., la pordo estis ŝlosita internaflanke. Ĉio nepre silentis, neniaj ĝemoj nek bruoj de iu ajn speco. Perfortinte la pordon, ili vidis neniun. La fenestroj, kaj de la malantaŭa kaj de la antaŭa ĉambroj, estis fermitaj kaj solide fiksitaj de interne. Pordo kunliganta la du ĉambrojn estis fermita sed ne ŝlosita. La pordo kunliganta la antaŭan ĉambron kaj la koridoron

16

estis ŝlosita kaj la ŝlosilo situis internaflanke. Malgranda ĉambro situanta kvaraetaĝe en la antaŭa parto de la konstruaĵo, ĉe la komenco de la koridoro, estis malfermita kaj ties pordo duonaperta. Tiu ĉambro plenegis je malnovaj litoj, skatoloj, kaj tiel plu. Oni forportis kaj zorge kontrolis tiujn. Nepre ĉiun colon de ĉiu ero de la domo oni zorge kontrolis. Per tiucelaj brosoj oni kontrolesploris la tutan longon de la kamentuboj. La domo disponis kvar etaĝojn kaj mansardojn. Surtegmenta klappordo estis zorge fermita per najloj—verŝajne restante tia jam de multaj jaroj. La tempodaŭron okazintan inter la ekaŭdo de la kverelantaj voĉoj kaj la perforta malfermo de la ĉambropordo malsame kalkulis la atestintoj. Kelkaj proponis mallongan tempon: tri minutojn. Aliaj, pli longan tempon: kvin minutojn. La pordo malfermiĝis tre malfacile.

ALFONSO GARSIO, funebraĵisto, depozicias ke li loĝas en Kadavrejo-Strato. Estas landano de Hispanio. Partoprenis en la domenirado. Ne iris supraetaĝen. Facile nervoziĝas kaj timas eblajn rezultojn de agitiĝo. Aŭdis la kverelantajn voĉojn. La bruska voĉo estis tiu de Franco. Ne komprenis kion oni diris. La strida voĉo apartenis al Anglo. Certas pri tio. Ne scipovas la Anglan lingvon sed juĝas laŭ la intonacio.

ALBERTO MONTANO, frandaĵisto, depozicias ke li nombriĝis inter la unuaj suprenirintoj. Aŭdis la koncernajn voĉojn. La raŭka voĉo estis tiu de Franco. Rekonis plurajn vortojn. La parolanto ŝajnis protestadi. Ne sukcesis distingi la vortojn de la strida voĉo. Parolis rapide kaj malkonstante. Opinias ĝin voĉo de Ruso. Konfirmas la ĝeneralan atestaĵaron. Estas Italo. Neniam interparolis kun landano de Rusio.

Pluraj atestintoj, revokite, nun depoziciis ke la fumtuboj de ĉiuj kvaraetaĝaj ĉambroj estis tro mallarĝaj por permesi la trapason de homa korpo. Dirante "tubbrosoj" oni aludis la cilindrajn balaibrosojn utiligatajn de kamentubistoj. Tiujn brosojn oni laŭirigis supren kaj malsupren en ĉiu kamentubo de la domo. Ne estas malantaŭflanka ŝtuparo laŭ kiu homo povintus descendi samtempe dum la enirantoj suprenrapidiĝis. La korpo de Fraŭlino Lespanajo estis tiel solide fiksita en la tubo ke oni ne sukcesis ĝin eligi ĝis post kvar-kvin helpantoj kunigis siajn klopodojn.

PAŬLO DUMASO, kuracisto, depozicias ke li estis vokita ĉirkaŭtagiĝe por kontroli la korpojn. Ambaŭ kuŝis tiam sur la litkadra kanabaĵo en la ĉambro kie malkovriĝis Fraŭlino L. La kadavro de la juna virino estis ege kontuzita kaj ekskoriita. Sendube kaŭzis tiujn aspektojn tio ke ĝi profunde enŝoviĝis en la kamentubon. La gorĝo estis ege frotaĉita. Vidiĝis ĵus submentone pluraj profundaj ekskoriaĵoj, same kiel sinsekvo da lividaj makuloj rezultigitaj laŭindikaĵe far fingropremado. La vizaĝo timige miskoloriĝis kaj la okulgloboj elstaregis. La lango estis duone tramordita. Granda ekimozo malkovriĝis en la stomakokavo, kaŭzite sendube far genupremo. Laŭ la opinio de S-ro Dumaso, Fraŭlinon Lespanajon mortigis per strangolado homo aŭ homoj nekonataj.

La kadavro de la patrino estis horore mutilita. Ĉiuj ostoj de la dekstraj kruro kaj brako estis pli-malpli frakasitaj. La maldekstra tibio kaj aldone ĉiuj ripoj de la maldekstra flanko, ege splititaj. La tute korpo, ege kontuzita kaj miskolorigita. Ne eblis diri kiel la vundoj kaŭziĝis. Peza lignoklabo, aŭ larĝa ferstango—seĝo—iu ajn granda, peza, obtuza armilo povintus estigi tiajn rezultojn manipulate per la manoj de ege fortika viro. Nenia virino povintus trudi la batojn per iu ajn armilo. La kapo de la mortinto, vidite de la atestinto, estis entute apartigita disde la korpo kaj estis ankaŭ ege frakasita. La gorĝo estis tratranĉita verŝajne per ege akra ilo—sendube per razilo.

ALEKSANDRO ETJENO, kirurgo, estis alvokita kun S-ro Dumaso por kontrolespiori la kadavrojn. Konfirmis la atestaĵojn kaj opiniojn de S-ro Dumaso.

Nenia grava ceteraĵo eksciiĝis, kvankam intervjuiĝis pluraj ceteraj homoj. Murdo tiel mistera, tiel perpleksiga pri ĉiuj detaloj, neniam antaŭc okazis en Parizo—se verfakte temas pri murdo. La polico entute malscipovas klarigi la aferon—malkutima stato ĉe ili okaze de tiaj eventoj. Tamen ankoraŭ ne aperis la plej eta indico-ombro.

La vespera numero de la ĵurnalo raportis ke la plej granda ekscito daŭre agitas Sankta-Roĥo-Kvartalon, ke oni zorge rekontrolis la koncernajn ejojn kaj novfoje intervjuis la atestintojn, sed entute sensukcese. Postskribo menciis tamen ke Adolfo Lebono arestiĝis kaj malliberiĝis, kvankam nenio ŝajnis lin kulpigi krom la jam anoncitaj faktoj.

Dupino ŝajnis multege interesiĝi pri la progreso de tiu afero—almenaŭ tiel mi juĝis laŭ lia maniero, ĉar li komentis nenion. Nur post la anonco pri la malliberigo de Lebono li petis mian opinion rilate al la murdoj.

Mi rajtis nur konsenti kun la tuta Parizanaro, tiujn konsiderante kiel nesolveblan misteron. Mi konceptis nenian rimedon pere de kiu spuri la murdinton.

"Ni ne juĝu laŭ la rimedo," diris Dupino, laŭ tiu rudimenta kontrolesploro. La Pariza polico, tiel laŭdate pri *sagaceco*, estas ruza, sed nur ruza. Iliaj entreprenoj estas senmetodaj krom la provizora metodo de la momento. Ili elmontre envicigas multajn rimedojn sed, ne malofte, tiuj tiel maltaŭgas al la proponitaj celoj ke ili nin pensigas pri S-ro Ĵurdeno kiam li petas sian *robe-de-chambre pour mieux entendre la musique* (ĉambrorobon por pli bone aŭdi la muzikon). La rezultoj kiujn ili efektivigas estas ne malofte surprizaj, sed plejofte tiujn estigas ordinaraj diligenteco kaj aktivado. Kiam mankas tiuj kvalitoj iliaj entreprenoj malsukcesas. Vidoko, ekzemple, estis bona divenisto kaj persista viro. Sed sen edukita pensado li eraris konstante pro la intenseco mem de sia kontrolesplorado. Li difektis sian vidkapablon tenante tro proksime la celobjekton. Li vidis eble unu-du punktojn kun malkutima klareco, tamen agante tiel li perdis elvide la aferon kiel tutaĵon.

"Rezultas tial ke oni povas agi tro profunde. La vero ne sidas ĉiam en puto. Efektive, rilate al la plej grava scio, mi opinias ke la vero estas jes ja senmanke surfaca. Profundeco situas en la valoj kie ni serĉas la veron, ne sur la montopintoj kie ni ĝin malkovras. La modoj kaj fontoj de tiu erarspeco bone ekzempliĝas en nia meditado pri la astroj. Spektadi stelon per ekrigardetoj, ĝin okulkontroli per deflanka rigardado, turni ĝiadirekten la eksterajn partojn de la retino (kiuj pli facile kaptas malfortajn lumradiojn ol la internaj partoj), tio estas percepti la stelon klardetale, tio estas havigi al si la plej bonan alttakson pri ties brilo—brilo kiu malheliĝas proporcie dum ni direktas pli kaj pli plenan rigardon al ĝi. En tiu lasta kazo pli da radioj trafas verfakte la okulojn sed en la antaŭa ekzistas pli rafinita komprenkapablo. Pere de maltaŭga profundeco ni konfuzas kaj malfortigas la pensadon. Ni povas eĉ malaperigi el la firmamento Venuson mem per spektado tro longdaŭra, tro koncentrita, tro rekta."

"Rilate al tiuj murdoj, ni mem entreprenu kelkajn kontrolesplorojn antaŭ ol finopinii pri ili. Enketo provizos nin per distriĝo," [mi juĝis la vorton stranga, utiligitan tiumaniere, sed mi nenion diris] "kaj krome Lebono foje estigis helpon al mi pro kio mi ne estas maldankema. Ni mem iru kaj kontrolu proprokule la murdejon. Mi konas G.....on, Prefekton de Polico, kaj spertos nenian ĝenon akirante la devigan permeson."

La permeson li akiris kaj tuj ni aliris Kadavrejo-Straton. Tiu estas unu el tiuj aĉaj vojetoj intervenantaj Riĉeljeo-Straton kaj Sankta-Roĥo-Straton. La posttagmezo malfruhoris kiam ni atingis ĝin ĉar tiu kvartalo situas tre malproksime disde tiu kiun ni enloĝis. La domon ni facile trovis ĉar multaj homoj fiksrigardis la fermitajn supraetaĝajn ŝutrojn kun sencela scivolemo ekde la kontraŭa flanko de la vojo. Ĝi estis ordinara Pariza loĝdomo kun pordego ĉe unu flanko de kiu situis vitrita kontrolbudo havanta en la fenestro glitpanelon identigantan ĝin kiel apartamenton de pordisto. Antaŭ ol eniri ni piediris laŭ la strato, turniĝis en flankaleon kaj, tiam turniĝante denove, preterpasis la malantaŭaĵon de la konstruaĵo. Intertempe, Dupino okulkontrolis, krom la domo, ankaŭ la tutan najbarejon, kun zorgega atento kies celon mi nepre ne komprenis.

Revenante inverse laŭ la sama vojo ni atingis denove la

ĉefenirejon de la domo kaj, elmontrinte niajn identigdokumentojn, estis enlasitaj de la respondecaj agentoj. Ni aliris la supraetaĝan ĉambron kie malkovriĝintis la korpo de Fraŭlino Lespanajo kaj kie ankoraŭ kuŝis ambaŭ mortintoj. La ĥaosa stato de la ejo restis senŝanĝe, konforme al polica procedo. Mi vidis nenion krom tio kion raportis *Tribunala Gazeto*. Dupino kontrolesploris ĉion, inkluzive la korpojn de la viktimoj. Tiam ni vizitis la aliajn ĉambrojn kaj la korton, ĉie akompanate de ĝendarmo. La kontrolesploro daŭris ĝis la tagfina malheliĝo kiam ni foriris. Survoje al la hejmo mia kuniranto paŭzis momenton ĉe la oficejo de unu el la ĉiutagaj ĵurnaloj.

Mi jam diris ke la kapricoj de mia amiko estis multnombraj kaj ke *Je les ménageais* (Mi toleris ilin kun bonhumoro, eĉ respekto.)—por tiu diraĵo la Angla lingvo ne havas ekvivalenton. Lia nuna humoro instigis lin malkonsenti konversacii pri la murdoj antaŭ ĉirkaŭ tagmezo de la sekvinta tago. Tiam li demandis subite al mi ĉu mi konstatis ion *strangan* ĉe la sceno de la abomenaĵo.

Lia emfazmaniero, kiam li diris la vorton *strangan*, enhavis ion kiu ektremigis min, sen ke mi prikonsciu la kialon.

"Ne, nenion *strangan*," mi diris. "Almenaŭ nenion krom tio kion ni ambaŭ legis en la ĵurnalo."

"La *Gazeto*," li respondis, "ne pritraktis, mi timu, la malkutiman hororon de la afero. Sed ni flankenmetu la malutilajn opiniojn de tiu eldonaĵo. Ŝajnas al mi ke oni konsideras tiun misteron nesolvebla pro tiu kialo mem kiu devus ĝin konsiderigi solvebla. Mi volas diri la *outré*-an [t.e., la troigitan] karakteron de ties konsistigantaĵoj. Perpleksigas la policon la ŝajna manko de motivo—ne pri la murdo mem—sed pri la abomeneco de la murdo. Mistifikas ĝin ankaŭ la ŝajna malebleco akordigi la voĉojn aŭditajn en kverelado kaj tion ke malkovriĝis supraetaĝe neniu krom la mortigita Fraŭlino Lespanajo kaj, aldone, tion ke ne ekzistis cetera elirrimedo kiun povintus preteratenti la suprenirintaro. La sovaĝa malbonordo de la ĉambro; la kadavro suprenŝovita, kapon malsupren, en la kamentubon; la terura mutilado de la kadavro de la maljunulino; tiuj konsiderindaĵoj kune kun tiuj antaŭe menciitaj kaj ceteraj kiujn ne necesas mencii, ĉio sufiĉis paralizi la potencojn, nepre kulpiginte la memlaŭditan *sagacecon*, de la registaraj agentoj. Ili sin faligis en krudan sed oftan eraron, intermiksinte malkutimecon kaj kompleksegecon. Sed estas pere de tiuj devojiĝoj disde la irejo de ordinaraĵoj ke la racio palpete malfermas sian vojon, laŭeble, serĉante la veron. Dum tiaj kontrolesploradoj kiajn ni nun entreprenas la taŭga demando estas, ne 'Kio okazis?' sed 'Kio okazis neniam antaŭe okazinta?' Efektive, la facilo per kiu mi atingos, aŭ jam atingis, la solvon de tiu mistero staras en senpera proporcio kun ties laŭpolice verŝajna nesolvebleco."

Mi fiksrigardis la parolinton kun senparola miro.

"Mi nun atendas," li daŭrigis, rigardante ĝis la pordo de nia apartamento, "mi nun atendas homon kiu, kvankam eble ne la farinto de tiuj buĉadoj, sendube iomagrade partoprenis en ili. Pri la plej horora parto de la krimoj efektivigitaj probablas ke li estas senkulpa. Mi esperas ne erari pri tiu supozaĵo ĉar sur ĝi mi starigas mian anticipon ekpovi sondumi la tutan enigmon. Mi atendas la alvenon de la viro ĉi-tien, en ĉi-tiun ĉambron mem, ĉiuajnmomente. Kvankam eblas ke li malkonsentu tiel agi, probablas ke li alvenos. Kaj se li alvenos, necesos ke ni lin detenu. Jen pistoloj kaj ambaŭ ni scipovas ilin utiligi kiam la situacio tion devigas."

Mi enmanigis la pistolojn, apenaŭ prikonsciante tion kion mi faris, apenaŭ kredante tion kion mi aŭdis, dum Dupino daŭre paroladis, kvazaŭ monologante. Mi jam menciis lian abstraktan manieron en tiaj momentoj. Siajn proklamojn li direktis al mi, sed lia voĉo, kvankam certe ne laŭta, havis tiun intonacion kutime utiligatan por paroli al iu situanta fordistance. Liaj okuloj, sen esprimlumo, rigardis ununure la muron.

"Ke la kverelantaj voĉoj," li diris, "aŭditaj de la suprenirantaro ne estis la voĉoj de la virinoj mem, tion entute pruvis la indicaro. Tio forigas ĉiun dubon pri la demando ĉu la multaĝulino unue mortigis la filinon, tiam poste sin mortigis. Mi priparolas tiun punkton plejparte nome de la metodo. Ĉar la

22

fizika forto de S-rino Lespanajo nepre malsuficintus por suprenŝovi la kadavron de la filino en la kamentubon tiel kiel oni ĝin malkovris. Kaj la karaktero de la vundoj sur ŝia propra korpo entute forigas ĉiun ideon pri sindetruo. Murdon tial efektivigis tria aro kaj la voĉoj de tiu tria aro estis la aŭditaj kverelantaj voĉoj. Mi nun atentigu—ne la tutan atestaĵaron pri tiuj voĉoj—sed tion kio *strangis* en tiu atestaĵaro. Ĉu vi konstatis tiurilatan strangaĵon?"

Mi rimarkis ke, dum ĉiuj atestintoj konsentis kunopinii ke la raŭka voĉo estis tiu de Franco, ili ege malkonsentis pri la strida, aŭ laŭ la priskribo de iu atestinto, la raspa voĉo.

"Tio estis la atestaĵaro mem," diris Dupino, "sed ne la strangeco de la atestaĵaro. Vi konstatis nenion distingan, tamen estis jes ja distingaĵo. La atestintoj, laŭ via raporto, konsentis pri la raŭka voĉo. Tiurilate ili estis unuanimaj. Sed rilate al la strida voĉo, la strangaĵo situas, ne en ilia malkunkonsento, sed en tio ke, kiam Italo, Anglo, Hispano, Nederlandano kaj Franco entreprenis ĝin priskribi, ĉiu ĝin identigis kiel voĉon de *fremdalandano.* Ĉiu certas ke ne estis voĉo de unu el siaj samlandanoj. Ĉiu similigas ĝin—ne al la voĉo de denaska loĝanto de iu lando kies lingvon li iom konas—sed tute kontraŭe."

"La Franco opinias ĝin voĉo de Hispano kaj 'povintus rekoni kelkajn vortojn *se li konintus la Hispanan lingvon.*' La Nederlandano asertas ke ĝi estis voĉo de Franco; tamen ni legas en la policaj raportoj ke '*ne scipovante la Francan, tiu atestinto intervjuiĝis pere de interpretisto.*' La Anglo opinias ke ĝi estis voĉo de Germano kaj '*ne komprenas la Germanan.*' La Hispano 'certas' ke ĝi estis voĉo de Anglo sed 'taksas entute laŭ la intonacio' pro tio ke '*li havas nenian konon pri la Angloj.*' La Italo juĝas ĝin voĉo de Ruso sed '*neniam parolis kun landano de Rusio.*' Dua Franco malkonsentas krome kun la unua, certante ke la voĉo estis tiu de Italo. Tamen '*ne scipovante tiun lingvon,*' li konvinkiĝis, same kiel la Hispano, 'pro la intonacio.'"

"Nu, kiel malkutime aparta, ni devas supozi, estis verfakte tiu voĉo povinta instigi tiajn atestaĵojn—eĉ en kies tonoj rekonis nenion konatan la landanoj de kvin grandaj nacioj de Eŭropo.

23

Vi diros ke ĝi estis eble voĉo de Aziano, aŭ Afrikano. Nek Azianoj nek Afrikanoj multnombriĝas en Parizo. Tamen, sen kontraŭstari la hipotezon, mi nun atentigu nur tiujn tri punktojn. La voĉon unu atestinto priskribas kiel 'raspan, ne stridan'. Du aliaj raportas ĝin esti 'rapida kaj *malkonstanta*.' Neniajn vortojn—neniajn vortsimilajn sonojn, iu ajn atestinto menciis kiel rekoneblajn."

"Mi ne scias," daŭrigis Dupino, "kiujn efektojn mi estigis ĝis nun, eble, sur vian komprenon. Sed mi ne hezitas diri ke laŭleĝaj konkludoj fontintaj el eĉ nur tiu parto de la atestaĵaro—la parto rilatanta al la raŭkaj kaj stridaj voĉoj—jam sufiĉas en si por naskigi suspekton devontan fiksi direkton al ĉiu posta progresado en la kontrolesploro pri la mistero. Mi diris 'laŭleĝaj konkludoj' sed mia voldiro ne plene envortiĝas tiel. Mi deziris sugesti ke la konkludoj estas la *solaj* ĝustaj kaj ke la suspekto fontas *neeviteble* el tiuj kiel ununura rezulto. El kio konsistas tamen tiu suspekto mi ankoraŭ ne konsentas diri. Mi nur deziras ke vi konsideru ke, ĉe mi, ĝi estis sufiĉe forta por doni al miaj demandoj en la ĉambro precizan formon, difinitan emon."

"Nun ni translokiĝu, permense, al tiu ĉambro. Kion ni unue serĉu ĉi-tie? La elirrimedon kiun utiligis la murdintoj. Mi certe ne troigas dirante ke nek vi nek mi kredas je preternaturaĵoj. Sinjorinon kaj Fraŭlinon Lespanajon ne detruis fantomoj. La farintoj de la ago estis materiaj kaj eskapis materie. Tial kiel? Feliĉe, estas nur unu maniero rezonadi pri la temo kaj *necesas* ke tiu maniero nin konduku al difinita decido. Ni kontrolu, unu post la alia, la eblajn elirrimedojn."

"Klare estas ke la murdintoj enestis la ĉambron kie troviĝis Fraŭlino Lespanajo, aŭ almenaŭ la apudan ĉambron, kiam la enketontaro supreniris laŭŝtupare. Estas tial nur ĉe tiuj du loĝejoj ke ni devas serĉi elirejojn. La polico nudigis la plankojn, plafonojn kaj murmasonaĵojn en ĉiu direkto. Neniajn *sekretajn* elirejojn povintus preteratenti ilia kontrolado. Tamen, ne fidante *iliajn* okulojn, mi kontrolis per miaj propraj okuloj. Estis, tial, *neniaj* sekretaj elirejoj. Ambaŭ pordoj kunligantaj la ĉambrojn kaj la koridoron estis sekure ŝlositaj kaj la ŝlosiloj

24

restis internaflanke."

"Ni konsideru la kamentubojn. Tiuj, kvankam pridisponante ordinaran larĝon ĝis ok-dek futoj super la fajrejo, ne entenos, laŭ sia tuta longo, la korpon de granda kato. Pro tio ke nepras la maleblo eliri pere de rimedoj jam menciitaj, restas al ni nur la fenestroj. Pere de tiuj de la fasadflanka ĉambro neniu povintus eskapi sen ke la surstrata homamaso lin rimarku. Laŭnecese tial la murdistoj trapasis tiujn de la malantaŭflanka ĉambro. Nu, atinginte tiun konkludon en tiel nedubasenca maniero, ni ne rajtas, kiel logikistoj, ĝin malakcepti pro ŝajnaj malebloj. Nur restas al ni pruvi ke tiuj ŝajnaj malebloj estas, verfakte, eblaj."

"Estas du fenestroj en la ĉambro. Unu el ili entute videblas ĉar ĝin obstrukcas neniaj mebloj. La malsupra parto de la alia malvideblas ĉar la kapo de la malfacile manipulebla litkadro estas ŝovita kontraŭ ĝin. La unua fenestro troviĝis en sekura, de interne fermita stato. Ĝi kontraŭstaris la nepran potencon de ĉiuj entreprenintaj ĝin suprenlevi. Granda boriletotruo trapenetris ties kadron maldekstraflanke kaj solidega najlo ĝin ensidis, tien enŝovite preskaŭ ĝiskape. Kontrolado pri la alia fenestro sciigis ke simila najlo simile enfiksiĝis en ĝi kaj ankaŭ malsukcesis vigla klopodo suprenlevi tiun klapon. La polico nun plene konvinkiĝis ke elirvojo nepre ne ekzistis en tiuj direktoj. *Tial*, oni finopiniis ke sencele estus eltiri la najlojn kaj malfermi la fenestrojn."

"Mia propra kontrolesploro estis iom pli partikulara kaj pro la kialo kiun mi ĵus citis, ĉar ĉi-tie, *necesis*, mi certis, ke ĉiuj ŝajnaj malebloj finestiĝu eblaj."

"Mi komencis pensadi jene, *a posteriori*, tio estas, indukte. La murdistoj jes ja eskapis pere de unu el tiuj fenestroj. Se tio veras, ili ne povintus refiksi la klapojn de interne tiel kiel tiuj troviĝis fiksite—konsiderajo ĉesiginta, pro ties memklaro, la kontroladon entreprenitan de la polico en tiu areo. Tamen la fenestroklapoj estis *jes ja* fiksitaj. *Necesis* tial ke ili havu la kapablon sin fiksi. La konkludo neniel eviteblis."

"Mi alpaŝis la senobstrukcan fenestron, eltiris iom malfacile la najlon, kaj entreprenis levi la klapon. Kiel mi jam antaŭsupozis, ĝi rezistis ĉiujn klopodojn miajn. Mi nun konsciis ke devas ekzisti kaŝita risorto. Tiu konfirmo pri mia ideo konvinkis min ke almenaŭ miaj hipotezoj estis ĝustaj, kiom ajn misteraj ŝajnis la cirkonstancoj rilatantaj al la najloj. Zorga enketo baldaŭ malkovris la kaŝitan risorton. Mi premis ĝin, kaj kontenta pri la malkovro, elektis ne levi la klapon."

"Mi nun remetis la najlon kaj ĝin rigardis atente. Homo eksterenpasinta tra tiu fenestro povintus ĝin refermi eble kaj la risorto realfiksiĝintus, sed tiu ne povintus remeti la najlon. La konkludo estis klara kaj denove mallarĝigis la areon de mia esplorkampo. *Laŭnecese* la murdintoj forfuĝis pere de la alia fenestro. Se ni supozas tial ke la klaprisortoj entute samis, kiel verŝajnis, *necesas* rezulte ke malsamu la najloj, aŭ almenaŭ iliaj alfiksiĝrimedoj. Surgrimpinte la sakŝtofon de la litkadro, mi rigardis zorgege super ties kaptabulon la duan fenestroklapon. Malsupreniginte la manon malantaŭ la tabulo, mi tuj trovis kaj premis la risorton kiu, konforme al mia supozo, havis entute la saman karakteron kiel sia najbaraĵo. Nun mi okulkontrolis la najlon. Ĝi estis same solida kiel la alia kaj verŝajne alfiksiĝis sammaniere—enmartelite preskaŭ ĝiskape."

"Vi diros ke mi perpleksiĝis. Sed se vi tiel opinias, sendube vi malkomprenis la karakteron de la induktoj. Uzante sportoterminon, mi eĉ ne unu fojon 'misludis'. Neniam unu sekundon mi perdis la spuron. Okazis difekto en nenia ĉenero. Mi spuris la sekreton ĝis ties fina rezulto kaj tiu rezulto estis *la najlo*. Ĝi havis, mi diru, en ĉiu rilato la aspekton de sia kunilo en la alia fenestro. Tamen tiu fakto estis nepra nulaĵo (kiom ajn decidiga ĝi ŝajnu) kompare al la konsideraĵo ke ĉi-tie, ĉi-punkte finfiniĝis la indico. '*Necesas* ke la najlo havu maltaŭgaĵon,' mi diris. Mi tuŝis ĝin kaj la kapo, kun kvaroncolo da ties fusto, forapartiĝis en miaj fingroj. La restaĵo de la fusto daŭre staris fiksite en la boriletotruo kie ĝi jam antaŭe disrompiĝis."

"La frakturo estis malnova (ĉar ties randoj krustiĝis pro rusto) kaj verŝajne fariĝis per martelbato parte alfiksinta en la supraĵon de la malsupra klapo la kaphavan eron de la najlo. Nun mi zorge remetis tiun kapaĵon en la noĉon el kiu mi antaŭe ĝin eltiris kaj la simileco al perfekta najlo estis nepra—la fendo ne videblis. Premante la risorton, mi levis la klapon leĝergeste kelkajn colojn. La najlkapaĵo leviĝis kun ĝi, restante fiksite en sia litaĵo. Mi fermis la fenestron kaj denove la ŝajnigo de kompleta najlo nepregis."

"La enigmo, ĝis tiu punkto, nun malenigmiĝis. La murdinto forfuĝis pere de la fenestro alfrontanta la liton. Falinte proprainstige post lia foriro (aŭ eble fermite laŭcele), ĝi refiksiĝis pere de la risorto. Kaj estis tiu perrisorta reteno kiun la polico malprave interpretis kiel pernajlan retenon. Daŭran tiurilatan enketadon tial oni juĝis ne plu bezoni."

"La venonta demando estis tiu de la descendorimedo. Tiuteme, mi kontentiĝis ĉirkaŭpromenante kun vi la konstruaĵon. Proksimume kvin futojn kaj duonon for de la koncerna fenestroklapo etendiĝis fulmosuĉilo. Ekde tiu suĉilo maleblintus al iu ajn atingi la fenestron, des pli ĝin eniri. Mi rimarkis tamen ke la ŝutroj de la kvara etaĝo estis de tiu aparta speco kiujn Parizaj ĉarpentistoj nomas *ferrades*—speco malmulte uzata hodiaŭ sed ofte vidataj sur ege malnovaj domegoj de urboj Liono kaj Bordozo. Ili havas la formon de ordinara pordo—simpla, ne faldebla pordo—krom tio ke la malsupra duono portas lignan kradaĵon aŭ pergolon, tiel disponigante bonegan mantenejon. Ĉe la koncerna konstruaĵo tiuj ŝutroj estas plene larĝaj je tri futoj kaj duono. Kiam ni vidis ilin de malantaŭ la domo, ambaŭ estis duonapertaj—tio estas, ili elstaris orte disde la muro. Verŝajnas ke la polico, same kiel mi, kontrolis la malantaŭaĵon de la apartamentaro. Tamen, sendube rigardante tiujn *ferrades* laŭ la linio de ilia larĝeco (ne dubeblas ke ili tiel agis), ili ne perceptis tiun grandan larĝecon mem aŭ almenaŭ ne ĝin konsideris ĝustavalore. Verfakte, sin konvinkinte ke nenia eliro efektivigeblis en tiu areo, ili faris kompreneble nur ege supraĵan tiurilatan kontrolon."

"Klare estis al mi tamen ke la ŝutro apartenanta al la fenestro situanta ĉekape de la lito, se oni refaldus ĝin kontraŭmuren, atingus lokon nur du futojn for disde la fulmosuĉilo. Ankaŭ evidente estis ke, pere de la estigo de ege malkutima kvanto da agado kaj kuraĝo, oni povintus eniri la fenestron ekde la suĉilo. Etendinte la brakon distancon de du

27

futoj kaj duono (ni nun imagu la ŝutron malfermitan plenlarĝe), ŝtelisto povintus enmanigi solide la lignokradaĵon. Tiam, liberiginte la alian manon de ĉirkaŭ la suĉilo, apoginte la piedojn sekure kontraŭ la muron kaj saltinte kuraĝe foren, li povintus fermsvingi la ŝutron. Se la fenestro, ni supozu, estis malfermita en tiu momento, li povintus eĉ sin svingi en la ĉambron."

"Mi deziras ke vi retenu mense precipe tion: mi parolis pri *ege* malkutima grado da agado kiel nepra antaŭbezono por sukcesigi tiel danĝeran kaj tiel malfacilan entreprenon. Estas mia celo komprenigi al vi, unue, tion ke la ago eble fareblis sed, due kaj ĉefe, mi deziras trudi al via kompreno la *ege eksterordinaran*, la preskaŭ preternaturan karakteron de la facilmoveco povinta ĝin plenumi."

"Vi diros, sendube, uzante la lingvaĵon de la jurisprudenco, ke, por starigi mian argumentaron, mi subtaksu anstataŭ plentaksi la agadon bezonitan en tiu afero. Tio povas esti la jurisprudenca kutimo, sed la rezono ne funkcias tiel. Mia fina celo estas nur la vero. Mia tuja celo estas vin konvinki apudigi tiun *ege malkutiman* agadon kiun mi ĵus priparolis kaj tiun *ege strangan* stridan (aŭ raŭkan) kaj *malkonstantan* voĉon pri kies landodeveno nenia homparo kunkonsentis kaj en kies eldirado nenia silabado rekoneblis."

Instigite de tiuj vortoj, svaga kaj duonforma koncepto pri la voldiraĵo de Dupino traflugetis mian menson. Mi spertis la senton situadi, sen komprenpovo, sur la rando de ekkomprenado. Same kiel homoj fojfoje sin trovas sur la rando de rememorado sen, post ĉio, rememorpovo. Mia amiko daŭrigis sian diskurson.

"Vi konscios," li diris, "ke mi anstataŭis la temon de elirrimedo per tiu de enirrimedo. Mi intencis komprenigi ke eniro kaj eliro efektiviĝis sammaniere, samloke. Ni nun revenu al la enaĵo de la ĉambro. Ni superrigardu la tieajn aspektojn. La tirkestoj de la ŝranko, laŭraporte, estis disrabitaj, kvankam restis en ili multaj vestaĵoj. La tiurilata konkludo estas absurda. Ĝi estas nura konjekto—kaj ege malbonsenca—nenio alia. Kiel ni eksciu ke la artikloj trovitaj en la tirkestoj ne estis ĝin kion la tirkestoj origine entonis? S rino Lespanajo kaj ŝia filino estigis ege izolitan vivadon, akceptis neniajn gastojn, malofte eliris en la urbon, malbezonis multajn vestoŝanĝaĵojn. La trovitaj vestaĵoj estis sendube tiel bonkvalitaj kiel aliaj povintaj aparteni al la sinjorinoj. Se rabisto forprenis iujn, kial li ne forprenis la plej bonajn? Kial ne ĉiujn? Simplavorte, kial li postlasis kvar mil orajn frankojn por sin superŝarĝi per pako da tolaĵoj? La oron li *jes ja* postlasis. Preskaŭ la tutan sumon menciitan de S-ro Minjodo, la bankisto, oni trovis surplanke, en sakoj."

"Mi deziras tial forigi el viaj pensadoj la eraregan *motiv-teorion* naskigitan en la cerboj de la policanoj per tiu parto de la indicaro parolanta pri mono liverita ĉe la dompordo. Koincidoj dekoble pli mirindaj ol tiu (livero de mono kaj murdo efektivigita al ties ricevinto nur tri tagojn poste) ekestiĝas ĉe ni ĉiuj ĉiun horon de niaj vivoj sen sin atentigi eĉ momentdaŭre. Koincidoj ĝenerale estas faligiloj sur la vojo de tiu rango da pensantoj edukitaj sen instruado pri stokastiko, tiu probabloteorio al kiu la plej gloraj studobjektoj de homa esplorado ŝuldas la plej gloran ilustradon. En la nuna kazo, se la oro malestintus, tio ke oni ĝin liveris nur tri tagojn antaŭe konsistigintus iom pli ol koincidon. Tio konfirmintus la motivteorion. Tamen en la veraj cirkonstancoj de la kazo, se ni supozu oron la motivo de la perfortaĵo, necesas ankaŭ juĝu la misfarinton hezitema idioto forlasinta kaj sian oron kaj sian motivon."

"Retenante nun konstante antaŭmense la konsiderindaĵojn kiujn mi atentigis al vi—tiun strangan voĉon, tiun malkutiman facilmovecon kaj tiun surprizan mankon de motivo por murdo tiel aparte abomena—ni enketu pri la buĉado mem. Jen virino mortigita per mana strangolado kaj enŝovita en kamentubon kapon malsupren. Ordinaraj murdistoj ne utiligas tian murdorimedon. Des malpli ili sin senigas tiamaniere je la murditoj. En la maniero en kiu oni suprenŝovis la kadavron en la kamentubon, vi agnosku, estis io ekscese troigita—io nepre neakordigebla kun niaj kutimaj konceptoj pri homa agado, eĉ kiam ni supozu la aktorojn la plej depravaciiĝintaj homoj.

29

Konsciu ankaŭ kiel granda estis laŭnecese la fortiko povinta suprenŝovi la kadavron en tian aperturon tiel perforte ke la kunigita fortiko de pluraj homoj apenaŭ sufiĉis por ĝin *malsupren*-tiri."

"Ni konsideru nun ceterajn indikaĵojn pri la uzado de mirindega fortiko. Sur la fajrejo kuŝis dikaj bukloj—ege dikaj bukloj—da griza homhararo. Tiujn oni forŝiris ekde la radikoj. Vi konscias pri la granda fortiko bezonata por fortiri kune el la kapo eĉ dudek-tridek harojn. Vi vidis same kiel mi la koncernajn buklojn. Iliaj radikoj (horora vidaĵo!) koaguliĝis kun eroj de kranihaŭto—nepra signo pri la enorma potenco aktivigita por elradikigi ununurgeste eble duonmilionon da haroj. La gorĝo de la maljunulino estis ne nur tranĉita. La kapo estis fortranĉita disde la korpo kvankam la tranĉilo estis ordinara razilo."

"Mi deziras ke vi konsideru ankaŭ la *brutan* ferocon de tiuj agoj. Pri la ekimozoj sur la korpo de S-rino Lespanajo mi ne parolu. S-ro Dumaso kaj lia estimata koadjutoro S-ro Etjeno deklaris ke obtuza ilo ilin estigis kaj ĝis iu punkto la sinjoroj ege pravas. La obtuza ilo estis evidente la ŝtona pavimo de la korto sur kiun la viktimo falis el la fenestro alfrontanta la liton. Tiun veron, kiom ajn simpla ĝi nun ŝajnu, la polico malkonstatis pro la sama kialo ke la larĝon de la fenestroŝutroj ili malagnoskis—ĉar, pro la najloafero, siajn perceptojn ili hermetikigis kontraŭ la eblo ke la fenestroj iam ajn malfermiĝis."

"Se nun, krom ĉiuj tiuj konsiderindaĵoj, vi ankaŭ primeditis ĝustavalore la strangan malbonordon de la ĉambro, ni nun sukcesis apudigi la jenajn temojn: surprizegan facilmovecon, preterhoman fortikon, brutalan ferocon, senmotivan buĉadon, *groteskon* neprege fremdan al la tuta homaro pro ties hororo, kaj voĉon fremdatonan al la oreloj de viroj de multaj landoj kaj tute malplenan je ĉiu klara aŭ komprenebla silabado. Sekvas tial kiu rezulto? Sur vian imagkapablon mi imponis kiun instigon?"

Mi sentis ekvibraĉi mian karnon dum Dupino starigis la demandon. "Frenezulo," mi diris, "plenumis tiun faron. Iu delira maniulo, forfuĝinte el najbara sandomo."

30

"Laŭ iu vidpunkto," li respondis, "via ideo ne estas indiferenta. Tamen la voĉoj de frenezuloj, eĉ okaze de iliaj plej sovaĝaj paroksismoj, neniam akordas kun tiu stranga voĉo aŭdita surŝtupare. Frenezulo devenas de iu lando kaj lia lingvaĵo, kiom ajn malkohera ĉe la nivelo de siaj vortoj, havas ĉiam koheron de silabado. Aldone, la hararo de frenezulo ne similas tion kion mi nun tenas enmane. Mi malimplikis tiun etan tufon el la rigide kroĉintaj fingroj de S-rino Lespanajo. Diru al mi kiel vi ĝin interpretas."

Dupino!" mi diris, nepre sennervigite. "Tiu hararo ege strangas. Ĝi neniel estas *homa* hararo."

"Mi ne asertis kontraŭe," li diris, "sed antaŭ ol determini tiun punkton, mi petas ke vi ekrigardu la etan krokizon kiun mi desegnis sur ĉi-tiun folion. Ĝi estas *faksimila* desegnaĵo pri tio kion oni priskribis en unu parto el la atestaĵaro kiel 'malhelajn ekimozojn kaj profundajn ungokaŭzitajn noĉojn' surestantajn la gorĝon de Fraŭlino Lespanajo kaj en alia parto (tiu de S-roj Dumaso kaj Etjeno) kiel 'sinsekvon da lividaj makuloj, ver ŝajne fingropremaĵoj.'"

"Vi perceptos," daŭrigis mia amiko, dissternante la folion sur la tablon antaŭ ni, "ke ĉi-tiu desegnaĵo pensigas pri solida kaj fiksita teno. Evidentas nenia *glitado*. Ĉiu fingro retenis— eble ĝis la morto de la viktimo—la timigan alprenon per kiu ĝi origine sin enfiksis. Nun, klopodu meti viajn fingrojn ĉiujn, sammomente, en la respektivajn premsignojn tiel kiel vi ilin vidas."

Mi entreprenis sensukcese plenumi la peton.

"Eble ni ne traktas tiun aferon juste," li diris. "La folio estas sternita sur ebena surfaco sed la homa gorĝo estas cilindra. Jen lignoŝtipo kies cirkonferenco egalas proksimume tiun de la gorĝo. Volvu la desegnaĵon ĉirkaŭ ĝi kaj refaru la eksperimenton."

Mi tiel agis sed la malfacilaĵo evidentis eĉ pli ol antaŭe. "Ĉi-tiu," mi diris, "estas la marko de nenia homa mano."

"Nun legu," respondis Dupino, "ĉi-tiun ekstrakton el Kuvjero."

Ĝi estis detala anatomia kaj ĝenerale priskriba raporto pri

la granda flavbruna orangutano de Indoneziaj Insuloj. La gigantan staturon, la mirigajn fortikon kaj agadon, la sovaĝan ferocon kaj la imitkapablojn de tiuj mamuloj ĉiuj konas sufiĉe bone. Tuj mi ekkomprenis la plenajn hororojn de la murdoj.

"La priskribo pri la fingroj," mi diris, finleginte la ekstrakton, "akordas ekzakte kun la desegnaĵo. Mi konscias ke nenia besto krom orangutano de la ĉi-tie menciita specio povintus premi la noĉojn tiel kiel vi ilin desegnis. Aldone ĉi-tiu flavbruna hartufo havas la saman karakteron kiel tiu de la besto de Kuvjero. Tamen mi nepre ne scipovas kompreni la apartajn detalojn de tiu timiga mistero. Krome, *du* voĉoj aŭdiĝis en kverelado kaj unu el ili estis sendispute tiu de Franco."

"Prave! Kaj vi memoros diraĵon atribuitan preskaŭ unuanime al tiu voĉo—la diraĵon '*mon Dieu.*' Ĉi-tiun, en la koncernaj cirkonstancoj, unu el la atestintoj (Montano, la frandaĵisto) identigis kiel diraĵon de protesto aŭ malaprobo. Ĉefe sur tiuj du vortoj tial mi bazis miajn esperojn atingi plenan solvon pri la enigmo. Iu Franco konsciis pri la murdo. Eblas— efektive, ege pli ol eblas—ke tute senkulpe li ne partoprenis en la sanga evento kiu okazis. Eblas ke la orangutano eskapis de li. Eblas ke li ĝin spuris ĝis la ĉambro sed, en la rezultintaj maltrankviligaj cirkonstancoj, neniam povintus ĝin rekapti. Ĝi daŭre ĉirkaŭvagadas libere."

"Mi ne daŭrigos tiujn konjektojn—alie mi ne rajtas ilin nomi—ĉar la ombra reflektado sur kiu ili baziĝas estas apenaŭ sufiĉe profunda por ke mia intelekto ilin agnosku kaj ĉar mi ne scipovus komprenebligi ilin al la intelekto de aliulo. Ni nomu ilin tial konjektoj kaj ilin aludas tiel. Se la koncerna Franco laŭ mia supozo jes ja senkulpas pri tiu abomenaĵo, ĉi-tiu reklamo, kiun hieraŭnokte post nia hejmenreveno mi liveris al la oficejo de *La Mondo* (ĵurnalo pritraktanta ŝipajn aferojn kaj multe legata de maristoj) alvenigos lin al nia loĝejo."

Li transdonis al mi paperfolion kaj mi legis la jenon:
"KAPTITA. En Bulonjo-Arbaro frumatene en ..... (la dato de la murdo) grandega flavbruna orangutano de Bornea specio. La posedanto (kiu laŭkonstate estas maristo dejoranta sur Malta ŝipo) rajtas repreni la beston post

32

ĝin identigi taŭgadetale kaj pagi kelkajn kostojn estigitajn per ĝiaj kapto kaj retenado. Venu al numero ..... strato ..... Sankta-Ĝermano-Kvartalo ..... tria etaĝo."

"Kiel eblis al vi," mi diris, "ekscii ke la viro estas maristo kaj apartenas al Malta ŝipo?"

"Mi *ne* scias tion," diris Dupino. "Mi ne *certas* pri tio. Jen tamen eta rubandero kiu, laŭ ties formo kaj grasa aspekto, funkciis por kunligi la hararon en unu el tiuj longaj plektaĵoj kiun tiom ŝatas maristoj. Aldone, ĉi-tiu nodo estas unu kiun nur malmultaj homoj krom maristoj scipovas estigi kaj kiu propras al la Maltanoj. Mi alprenis la rubandon ĉe la bazo de la fulmosuĉilo. Ĝi ne povintus aparteni al iu ajn el la du mortintoj."

"Se nun, malgraŭ ĉio, mi eraras en miaj induktoj pri tiu rubando, tio estas, ke la Franco estas maristo deĵoranta sur Malta ŝipo, mi nenion difektis dirante tion en la reklamo. Se mi eraras, li nur supozos ke min devojigis iu cirkonstanco pri kiu li ne penados enketi. Se mi pravas tamen, granda avantaĝo atingiĝas. Konsciante pri la murdoj, tamen senkulpa tiurilate, komprenable la Franco hezitos alrespondi la reklamon kaj postuli la rehavigon de la orangutano."

"Li rezonos tiumaniere. 'Mi estas senkulpa. Mi estas malriĉa. Mia orangutano altvaloras—al homo situanta en miaj cirkonstancoj, vera fortuno en si. Kial maldisponigi min pri ĝi pro senkaŭzaj timoj pri danĝero? Jen ĝi estas, preta al mia manpreno. Ĝi malkovriĝis en Bulonjo-Arbaro, ĉe fora distanco disde la buĉadsceno. Kiel oni povus iam suspekti ke bruta besto efektivigis la misfaron? La polico kulpas. Ili malsukcesis malkovri la plej malgrandan indicon. Eĉ se ili spurus la beston, ne eblus al ili pruvi mian konscion pri la murdo aŭ kulpigi min pro tiu konscio."

"'Antaŭ ĉio, oni *jes ja* min konas. La reklaminto min nomumas posedanto de la besto. Mi ne certas ĝis kiu limo povas etendiĝi lia scio. Se mi malkonsentas depostuli havaĵon de tiel alta valoro kaj kiun oni scias ke mi posedas, mi suspektigos almenaŭ la simion. Mi kutimas atentigi nek min nek la beston. Mi respondos al la reklamo, rehavos la orangutanon kaj ĝin

33

zorge retenos ĝis kiam forblovumos tiu afero.'"

En tiu momento ni aŭdis paŝon sur la ŝtuparo.

"Pretigu viajn pistolojn," diris Dupino. "Tamen nek uzu nek vidigu ilin antaŭ signalo de mi."

La ĉefpordon de la domo ni antaŭe postlasis en malfermado kaj la vizitanto, jam enirinte sen sonigi, antaŭenvenis plurajn paŝojn sur la ŝtuparo. Nun tamen li ŝajnis heziti. Baldaŭ ni aŭdis lin descendi. Dupino jam moviĝis pordodirekten kiam denove ni aŭdis lin suprenvenadi. Li ne forturniĝis duan fojon sed alproksimiĝis rezolute kaj frapsonigis la pordon de nia ĉambro.

"Eniru!" diris Dupino feliĉ- kaj bonkorvoĉe.

Viro eniris. Li estis maristo, evidente—alta, solida, muskola persono havanta iom ĉioriskulan, tute ne senĉarman mienon. Lian vizaĝon, ege sunbruligitan, barbo kaj lipharoj pli ol duone kaŝis. Li kunportis grandan kverkan klabon, sed ŝajnis alie senarmila. Li riverencis malgracie kaj diris al ni "Bonan vesperon" kun Franca parolmaniero kiu, kvankam iom pensiganta pri Novkastelo, aŭdigis rekoneblan Parizan ekdevenon.

"Bonvolu sidiĝi, mia amiko," diris Dupino. "Ĉu mi rajtas supozi ke vi alvenas rilate al la orangutano? Honestavorte, mi preskaŭ envias vian posedrajton pri ĝi: mirinde bonega kaj sendube altvalora besto. Kiom aĝa vi taksas ĝin?"

La maristo ensuĉis longan spiradon, en la maniero de homo ĵus formetinta netolereblan ŝarĝon, kaj tiam respondis sekuravoĉe:

"Mi havas nenian kalkulrimedon. Tamen ĝi ne povas esti pli ol kvar-kvinjara. Ĉu vi ĝin retenas ĉi-tie?"

"Ho, ne! Ĉi-tie ni ne disponas pri konvenan retenujon. Ĝi sidas en proksima lustablo de Duburgo-Strato. Vi povos rehavi ĝin morgaŭmatene. Kompreneble, vi pretas identigi la posedaĵon, ĉu ne?"

"Komreneble, sinjoro. Mi pretas."

"Bedaŭrinde estos devi min senhavigi je ĝi," diris Dupino.

"Mi tute ne atendas ke vi estu prizorginta ĝin senpage, sinjoro," diris la viro. "Ne rajtas esperi tion. Tre bonvolas pagi rekompencon kontraŭ la malkovro de la besto—tio estas, konvenan rekompencon."

"Nu," respondis mia amiko. "Ĉio tio tre justas, certe. Mi pripensu! Kion necesos al mi ekhavi? Ho! Mi diru al vi. Jen estos mia rekompenco. Vi transsciigos al mi ĉiujn laŭeblajn informaĵojn pri tiuj murdoj okazintaj en Kadavrejo-Strato."

Dupino eldiris tiujn lastajn vortojn en tre malalta, tre trankvila tono. Egale trankvile li aliris la pordon, ĝin ŝlosis, metis la ŝlosilon en la poŝon. Tiam li tiris pistolon el sia brusto, metis la armilon sen la plej eta agitiĝo sur la tablon.

La vizaĝo de la maristo ekruĝiĝis, kvazaŭ li luktus kontraŭ sufokiĝo. Li stariĝis eksalte, alprenis sian klabon. Tamen en la sekvinta momento li refalis sur sian seĝon, tremegante kaj elmontrante survizaĝe kvazaŭ la maskon de Morto mem. Nenian vorton li eldiris. Mi lin kompatis plenkore.

"Mia amiko," diris Dupino afablavoĉe, "vi maltrankviligas vin senbezone. Jes ja, verfakte. Ni nepre malcelas noci vin. Mi promesas al vi, honestavorte de sinjoro kaj de Franco, ke ni neniel intencas vin difekti. Mi scias kun nepra certeco ke vi senkulpas pri la abomenaĵoj de Kadavrejo-Strato. Ne decos nci tamen vian ioman implikiĝon en ili. Laŭ tio kion mi jam diris, vi devas konscii ke, rilate al tiu afero, mi disponis pri informrimedoj kiujn vi ncniam povintus imagi."

"Nu, jen la situacio. Vi faris nenion eviteblan—nenion certe povantan vin kulpigi. Vi senkulpis eĉ pri ŝtelado en momento kiam vi povintus ŝteli senpune. Vi havas nenion kaŝendan. Vi havas nenian kialon ion kaŝi. Aliflanke, ĉiu honorprincipo vin devigas konfesi vian tutan tiurilatan sciadon. Nun sidas en malliberejo senkulpulo al kiu imputiĝis krimo kies farinton vi scipovas identigi."

La maristo jam sin reregis egagrade dum Dupino eldiris tiujn vortojn; tamen nun entute malaperis lia antaŭa kondutaŭdaco.

"Dio helpu min!" li diris post mallonga paŭzo. "Mi jes ja sciigos al vi ĉion kion mi scias pri tiu-ĉi afero. Sed mi ne atendas ke vi kredu duonon el mia dirado. Se mi tion atendus, mi estus efektive stultulo. Ĉiomalgraŭe, senkulpa mi estas, kaj mi plene

35

konfesos eĉ devonte morti pro tio."

Sekvas esencadetale tio kion li raportis.

Li vojaĝis lastatempe en Indonezia Insularo. Bando, al kiu li aniĝis, alteriĝis en Borneo kaj faris interninsulan distriĝekskurson. Li kaj kunekskursinto kaptis la orangutanon. Lia kunulo mortis kaj la besto fariĝis lia aparta posedaĵo. Post multe da ĝeno, okazigita per la nebridebla feroco de lia kaptito dum la hejmenrevena vojaĝo, li sukcesis finfine loĝigi ĝin sekure ĉe si en Parizo. Tie, por ne altiri al si la malplaĉan scivolemon de siaj najbaroj, li retenis la beston en prizorgata sekureco ĝis kiam tiu resaniĝus de piedvundo kaŭzita de surŝipe ricevita splito. Lia fina celo estis vendi la simion.

Hejmenreveninte de iu marista kapriolado la nokton, aŭ pli ĝuste la matenon de la murdoj, li trovis la beston enloĝantan lian propran dormĉambron en kiun ĝi eskapis el apuda kamero kie ĝi estis, laŭ la supozo de la maristo, sekure malliberigita. Tenante razilon enmane, plene ŝaŭmsapite, ĝi sidis antaŭ la spegulo, entreprenante sin razi, procedo kiun antaŭe, sendube, tra la kamera ŝlosiltruo, ĝi vidis plenumi la mastron.

Ekvidinte tiel ferocan kaj tiel imitpovan beston posedi armilon tiel danĝeran, dum kelkaj momentoj, terurite, la maristo ne sciis kion fari. Li jam kutimis pacigi la beston tamen, eĉ okaze de ĝiaj plej ferocaj humoroj, per vipo, kaj tiun li nun utiligis. Vidinte la vipon, la orangutano trairis eksalte la ĉambropordon, kuris malsupren laŭ la ŝtuparo kaj de tie, pere de fenestro bedaŭrinde malfermita, eniris la straton.

La Franco postsekvis malespere. La simio, ankoraŭ tenante enmane la razilon, haltis fojfoje por rigardi malantaŭen kaj gestadi al sia postkuranto ĝis kiam tiulasta preskaŭ atingis ĝin. Tiam ĝi foriris denove. Tiel-ĉi la ĉaso daŭris longan tempon. La stratoj nepre silentis ĉar estis preskaŭ la tria horo de la mateno.

Laŭpasante strateton malantaŭ Kadavrejo-Strato, la fuĝinto ekvidis lumon brilantan tra la malfermita fenestro de la ĉambro de S-rino Lespanajo en la kvara etaĝo de ŝia domo. Hastante al la konstruaĵo, ĝi perceptis la fulmsuĉilon, suprengrimpis laŭ ĝi kun nekonceptebla facilmovo, alprenis la ŝutron, kiu estis ĵetita entute kontraŭ la muron, kaj pere de tiu sin svingis plendistance sur la kaptabulon de la lito. La tuta agadaro efektiviĝis en malpli ol unu minuto. La ŝutron la orangutano remalfermis piedbate enirante la ĉambron. La maristo intertempe kaj ĝojiĝis kaj konsterniĝis. Nun li ege esperis povi rekapti la bruton ĉar ĝi apenaŭ povos eskapi el la kaptejo en kiun ĝi ĵus eniris krom pere de la suĉilo, ĉe la malsupro de kiu la posedanto povus rehavi ĝin. Aliflanke li multe pritimis kion povus fari la simio en la domo. Tiu lasta pensado instigis la viron daŭre postsekvi la fuĝinton. Fulmsuĉilon oni povas facile laŭgrimpi, precipe maristo. Kiam li atingis tamen la nivelon de la fenestro, kiu situis malproksime maldekstre, lia suprenirado ĉesis. Ĉio kion li povis fari estis kliniĝi maldekstren por iom ekvidi la internon de la ĉambro. Tiu ekvido preskaŭ faligis lin de sur la suĉilo pro troigo da hororo.

En tiu momento interrompis la nokton tiuj aĉaj ŝirkriegoj ekmaldormigintaj la loĝantojn de Kadavrejo-Strato. Sinjorino Lespanajo kaj ŝia filino, surportante dormvestaĵojn, verŝajne priokupiĝis aranĝante dokumentojn en la jam menciita ferkofro antaŭe rulita en la mezon de la ĉambro. Ĝi estis malfermita kaj ties enhavaĵoj kuŝis apude sur la planko. Devas esti ke la viktimoj sidis malalfrontante la fenestron kaj, juĝante laŭ la eta tempodaŭro forpasinta inter la eniro de la besto kaj iliaj ŝirkriegoj, oni rajtas supozi ke ili ne tuj ĝin ekvidis. La klaksonon de la ŝutro ili atribuintus kompreneble al la vento.

Kiam la maristo enrigardis, la bestego jam alprenis Sinjorinon Lespanajon per la hararo (kiu estis malfiksa ĉar ŝi kombis ĝin) kaj svingis la razilon antaŭ ŝia vizaĝo, imitante barbirajn gestojn. La filino kuŝis sternite kaj senmove, sveninte. La kriegoj kaj baraktoj de la maljunulino (dum kiuj la hararo estis forŝirita de sur ŝia kapo) finagis ŝanĝante la verŝajne pacajn celojn de la orangutano en kolerajn entreprenojn. Per unu rezoluta svingo de sia muskola brako ĝi preskaŭ fortranĉis ŝian kapon disde ŝia korpo. Kiam la besto ekvidis sangon, ĝia kolero pligrandiĝis en deliron. Grincigante la dentojn, flagrigante kvazaŭan fajron el la okuloj, ĝi atakis la korpon de

37

la fraŭlino, enfiksis siajn timigajn ungegojn en ŝian gorĝon, ilin retenis tie ĝis kiam ŝi mortis.

Ĝiaj nomadaj kaj sovaĝaj rigardoj atingis en tiu momento la kapon de la lito super kiu nun videblis la vizaĝo de ĝia mastro, rigida pro hororo. La frenezo de la besto, kiu sendube daŭre memoris la teruran vipon, tujege ŝanĝiĝis en timegon. Nun prikonsciante sian punindan kulpon, ĝi ŝajnis deziri kaŝi siajn sangajn farojn kaj saltetis ĉirkaŭ la ĉambro en krizo de nervoza ekscitiĝo, faligante kaj rompante la meblojn survoje, fortrenante la liton de sur ties kadro. Rakontofine, ĝi ekprenis unue la kadavron de la filino, suprenŝovis ĝin en la kamentubon kie ĝi poste malkovriĝis, tiam tiun de la maljunulino kiun ĝi tuj forlanĉis kapon antaŭen tra la fenestro.

Dum la simio alproksimiĝis la fenestroklapon kun sia mutilita ŝarĝo, la maristo kaŭris ŝokite sur la suĉilo kaj malsuprenglitante (ne grimpante) laŭ ĝia longo, revenis haste hejmen, timegante la sekvojn de la buĉado kaj ĝoje rezignante, en sia teruro, ĉiun zorgon pri la sorto de la orangutano. La vortoj aŭditaj de la homoj sur la ŝtuparo estis la horor-kaj-timplenaj ekkrioj de la Franco intermiksitaj kun la demona babilaĉado de la bruto.

Mi havas preskaŭ nenion por aldoni. Devas esti ke la orangutano eskapis el la ĉambro pere de la suĉilo ĵus antaŭ ol oni enrompis la pordon. Ĝi fermis la fenestron sendube ĝin trapasante. Kaptis ĝin poste la posedanto mem kiu vendis ĝin kontraŭ altega monsumo ĉe Botanik-Ĝardeno (kiu ampleksas la Parizan bestoĝardenon). Lebonon oni tuj liberigis post nia rakonto pri la cirkonstancoj (kun kelkaj komentoj de Dupino) ĉe la buroo de Polica-Prefekto. Tiu funkciulo, kvankam tre plaĉis al li mia amiko, ne sukcesis kaŝi sian ĉagrenon pri la evoluturniĝo de la afero kaj sin permesis iom sarkasmiĝi pri la socia maldeco de homoj malbonvolantaj atenti siajn proprajn aferojn.

"Li parolu," diris Dupino, opiniante ke ne necesas respondi. "Li diskursu. Tio senzorgigos lian konsciencon. Sufiĉas al mi esti venkinta lin en lia propra kastelo. Tamen, ke li malsukcesis solvi tiun misteron ne estas mirindaĵo kiel li supozas, ĉar verfakte nia amiko prefekto estas tro ruza por esti profunda. Lia saĝeco havas nenian daŭrokapablon. Ĝi estas entute kapo kaj neniel korpo, tiel kiel ni vidas en bildoj pri Deino Laverno, aŭ, pli bone, entute kapo kaj ŝultroj, same kiel gadfiŝo. Sed li estas bona estaĵo, finfine. Li plaĉas al mi precipe pro majstra ĵargonmanovro per kiu li akiris sian famon kiel geniulo. Mi volas diri lia maniero *de nier ce qui est, et d'expliquer ce qui n'est pas* (nei tion kio estas kaj klarigi tion kio ne estas)."

LA MISTERO DE MARNJO ROĜETO

Estas malmultaj homoj, eĉ inter la plej trankvilaj pensantoj, kiujn ne fojfoje surprizis en svagan, tamen ekscitantan duonkredon je supernaturâĵoj, *koincidoj* havantaj tiel ŝajne mirindan karakteron ke, kiel *nurajn* koincidojn, la intelekto malsukcesas ilin agnoski. Tiajn sentojn—ĉar la duonkredoj kiujn mi priparolas neniam havas la plenan potencon *de pensado*—tiajn sentojn nur malofte oni sukcesas nepre sufoki krom pere de aludo al la doktrino de hazardo, aŭ, kiel ĝi nomiĝas teknikavorte, Stokastiko. Nu, tiu Stokastiko estas, esence, pure matematika; kaj tial ni havas la anomalion de la plej rigide preciza sur scienca nivelo aplikata al la ombro kaj la spiriteco de la plej nepalpebla sur la nivelo de konjektado.

La eksterordinaraj detaloj kiujn oni nun invitas min publikigi, konsistigos, oni konscios, rilate al tempa sinsekvo, la ĉefan fakon de serio da apenaŭ kompreneblaj *koincidoj,* kies subĉefan aŭ finan fakon ĉiuj legantoj rekonos en la lastatempa murdo de MARNJO CECILINO ROĜERZO, en Nov-Jorko.

Kiam, en artikolo titolita "La Murdoj de Kadavrejo-Strato," mi entreprenis, antaŭ ĉirkaŭ unu jaro, bildigi kelkajn tre rimarkindajn trajtojn de la mensa karaktero de mia amiko, Kavaliro D. Aŭgusto Dupino, neniam mi supozis esti reprenonta iun tagon la saman temon. La bildigo de tiu karaktero konsistigis mian celon; kaj tiun celon nepre plenumis la senbrida sinsekvo da cirkonstancoj elektitaj por portreti la idiosinkrazion de Dupino. Mi povintus elekti ceterajn ekzemplojn sed sen sukcesi pruvi ceterâĵon. Lastatempaj eventoj, tamen, pro sia surpriza disvolviĝo, estas instigintaj min liveri ceterajn detalojn kunportontajn aspekton de eldevigita konfeso. Pro tio kion mi aŭdis lastatempe, estus efektive strange ke mi restu senparola pri tio kion mi kaj aŭdis kaj vidis antaŭ tiel longatempe.

Post la finsolvo de la tragedio ampleksinta la mortojn de S-rino Lespanajo kaj ŝia filino, la Kavaliro tujege elmensigis la aferon kaj refalis en siajn antaŭajn kutimojn de malgaja revado. Abstraktema en ĉiu momento, tuj mi konsentis pri lia humoro kaj, daŭrige enloĝante nian ĉambraron de Sankta-Ĝermajna-Kvartalo, ni cedis la estontecon al la ventoj kaj dormis trankvile en la nuntempo, teksante en revojn la ĉirkaŭantan monotonan mondon.

Sed tiuj revoj ne restis nepre sen interrompo. Oni rajtas supozi ke la rolon kiun plenumis mia amiko, okaze de la dramo de Kadavrejo-Strato, la imagoj de la Pariza Polico ne preteratentis. Inter ties reprezentantoj la nomo Dupino kvazaŭ ĉehcjmiĝis. La simplan karakteron de tiuj konkludoj pere de kiuj li malimplikis la misteron oni neniam klarigis eĉ al la Prefekto, nek al iun ajn alia krom al mi. Tial, kompreneble, ne estas surprize ke oni taksis la aferon preskaŭ mirakla, nek ke la analizpovojn de la Kavaliro oni interpretis kicl intuicion. Lia honestadiremo lin devigintus nuligi tian antaŭjuĝon ĉe ĉiu tiel pensanta enketanto; tamen lia mallaborema humoro malpermesis ĉiun ceteran agitadon pri temo pri kiu jam delonge li ĉesis interesiĝi. Okazis tial ke li sin trovis kvazaŭa turlumisto por la polica rigardo kaj estis ne malmultaj la kazoj pri kiuj la Prefekturo penadis varbi lian helpon. Unu el la plej elstaraj ekzcmploj estis tiu de la murdo de juna knabino nomiĝanta Marnjo Roĝeto.

Tiu evento okazis ĉirkaŭ du jarojn post la abomenaĵo de Kadavrejo-Strato. Marnjo, kies kristana kaj familia nomoj tuj atentigos pro sia simileco al tiuj de la kompatinda "cigarulino," estis la sola filino de la vidvino Estelino Roĝeto. La patro mortis dum la bebeco de la infano, kaj ekde la periodo de lia morto ĝis dek ok monatoj antaŭ la murdo konsistiganta la temon de nia rakonto, patrino kaj filino kunloĝis en Sankta-Andreino-Ŝoseo, kie Sinjorino tenis pensionon, helpate de Marnjo. Tieaj aferoj daŭris senŝanĝe ĝis tiulasta dudekdujariĝis, kiam ŝia granda beleco sin atentigis al parfumisto okupanta unu el la butikoj de la subetaĝo de Reĝa Palaco kaj kies klientaron konsistigis ĉefe la senesperaj aventuristoj infestantaj la najbarejon. Sinjoro LeBlanko ne malkonsciis pri la avantaĝoj akirotaj per la ĉeesto en lia parfumejo de la bela Marnjo; kaj liajn malavarajn proponojn la knabino akceptis entuziasme, kvankam Sinjorino iom hezitis.

La anticipaĵoj de la butikisto plenumiĝis kaj liaj ĉambroj famiĝis baldaŭ pro la ĉarmoj de la vigla vendistino. Jam de ĉirkaŭ unu jaro ŝi dejoris ĉe li kiam ŝia subita malapero el la butiko faligis ŝiajn admirantojn en konfuziĝon. Sinjoro LeBlanko malkonis la kialon de ŝia foriro kaj anksieco kaj teruro maltrankviligis S-rinon Roĝeton. La publikaj ĵurnaloj ekpritraktis la temon kaj la polico estis iniciatonta seriozajn enketojn kiam, iun belegan matenon, post tutsemajna foresto, Marnjo, en bona sano, sed iom malfeliĉmiena, reaperis ĉe sia kutima vendotablo ĉe la parfumejo. Ĉiun enketadon, krom tiu de privata speco, kompreneble, oni silentigis tujege. Sinjoro LeBlanko agnoskis nepran malscion pri la afero, kiel antaŭe. Marnjo, kaj Sinjorino, respondis al ĉiuj demandoj ke la lastan semajnon oni pasigis ĉe kampara parenco. Tial la afero kvazaŭ mortis kaj ĝenerale forgesiĝis ĉar la knabino, verŝajne por sin senigi je la impertinenteco de scivolemo, adiaŭis la parfumiston baldaŭ kaj aziliĝis ĉe sia patrino sur pavimita Sankta-Andreino-Soseo.

Estis ĉirkaŭ kvin monatojn post tiu hejmenreveno ke ŝiaj geamikoj konsterniĝis pro ŝia subita duafoja malapero. Tri tagoj forpasis kaj oni aŭdis neniajn novaĵojn pri ŝi. En la kvara tago ŝia kadavro estis malkovrita en flosado sur Sejno-Rivero, proksime al la bordo kontraŭstaranta Sankta-Andreino-Soseo-Kvartalon, kaj ĉe punkto ne multe malproksima de la izolita najbarejo Stumpo-Barilo.

La abomeno de tiu murdo, (ĉar tuj evidentiĝis ke okazis murdo), la juneco kaj la beleco de la viktimo, kaj, preter ĉio, ŝia antaŭa fifameco, kunlaboris por estigi intensan ekscitiĝon en la mensoj de la sentivaj Parizanoj. Mi memoras nenian similan okazintaĵon estigintan tiel ĝeneralan kaj tiel intensan efekton. Dum pluraj semajnoj, pro la diskutado pri tiu ununura absorbiga temo, forgesiĝis eĉ la gravegaj politikaj debatoj de la tago. La Prefekto faris malkutimajn sinstreĉadojn kaj la kapablojn de la tuta Pariza polico, kompreneble, oni aplikis al la plej alta grado.

Je la malkovro de la kadavro, oni supozis unue ke la murdinto ne povus eviti, dum pli ol ege mallonga periodo, la enketon kiun tujege oni starigis. Nur post la forpaso de unu semajno oni juĝis ke necesis oferti monrekompencon, kaj eĉ tiam oni limigis tiun rekompencon al mil frankoj. Dume la enketoj antaŭeniris viglaritme, se ne ĉiam bonsence, kaj oni pridemandis senrezulte multajn personojn; samtempe, pro la daŭra manko de ajnaj indikaĵoj pri la mistero, la publika ekscitiĝo ege pligrandiĝis. Je la fino de la deka tago, oni juĝis ke konvenus duobligi la sumon origine proponitan; kaj, finfine, post la forpaso de la dua semajno sen pluaj malkovroj, kaj ĉar la antaŭjuĝo ĉiam ekzistanta kontraŭ la Pariza polico sin montrigis en la formo de kelkaj gravaj manifestacioj, la Prefekto sin permesis proponi sumon de dudek mil frankoj "por la kondamno de la murdinto," aŭ, se rezultus pruvite ke pli ol unu partoprenis en la krimo, "por la kondamno de iu ajn el la murdintoj." En la proklamo anoncanta tiun rekompencon, oni promesis nepran pardonon al iu ajn komplico konsentonta prezenti indikaĵojn kontraŭ sia kunulo; kaj al la tutaĵo estis fiksita, kie ajn ĝi aperis, la privata afiŝo de komitato da civitanoj, ofertante dek mil frankojn preter la sumo proponita de la Prefekturo. Tial la inkluziva rekompenco atingis ne malpli ol tridek mil frankojn, kiujn ni rigardu kiel eksterordinaran sumon prenante en la kalkulon la modestan kondiĉon de la knabino kaj la grandan maloftecon, en grandaj urboj, de tiaj abomenaĵoj kia la priskribita.

Neniu dubis ke la mistero de tiu murdo estus solvita tujege. Sed kvankam, en unu-du kazoj, oni faris arestojn promesantajn klarigon, oni lernis tamen nenion povantan kulpigi la suspektitojn kaj tiuj tuj liberiĝis. Kiom ajn stranga tio povas ŝajni, jam forpasis la tria semajno post la malkovro de la kadavro, kaj forpasis sen ke surfalis la temon iu ajn lumo, antaŭ ol atingis la orelojn de Dupino kaj mi eĉ sola onidiraĵo pri la eventoj tiom agitintaj la publikan menson. Okupiĝinte pri esploroj absorbantaj nian tutan atenton, jam dum monato neniu el ni iris eksterlanden nek gastigis vizitantojn nek pli ol rigardetis la ĉefajn politikajn artikolojn en unu el la ĉiutagaj

43

ĵurnaloj. La unuan informaĵon pri la murdo alportis al ni G., proprapersone. Li vizitis nin en la frua posttagmezo de la dek tria de julio 18— kaj restis ĉe ni ĝis la malfrua nokto. Ĉagrenis lin la malsukceso de liaj ĉiuj klopodoj malkovri la murdintojn. Lia reputacio—tial li diris en aparte Pariza maniero—minacatis. Eĉ implikatis lia honoro. La publika rigardaro surfalis lin kaj estis nenia ofero kiun li malkonsentis fari por helpi solvi la misteron. Li findiris iom drolan diskurson per komplimento pri tio kion plaĉis al li nomi la *takto* de Dupino, kaj proponis al li senperan kaj certe malavaran aranĝon kies precizan karakteron mi juĝas malhavi la rajton sciigi, sed kiu rilatas neniel al la ĝusta temo de mia rakonto.

La komplimenton mia amiko malagnoskis laŭeble plej bone, sed pri la aranĝo li konsentis tujege, kvankam ties avantaĝoj estis entute provizoraj. Post la decido pri tiu punkto, la Prefekto tuj entreprenis sciigi siajn apartajn opiniojn, interŝutante sur ilin longajn komentojn pri la indikaĵaro, pri kiu ni restis ankoraŭ seninformaj. Li diskursis multe kaj, preter ĉiu dubo, klere, reage al kio mi proponis hazardan maloftan sugeston dum la nokto evoluis dormeme. Dupino, sidante stabile sur sia kutima fotelo, estis la enkorpiĝo de respektema atento. Li surportis okulvitrojn dum la tuta interparolado kaj laŭokaza rigardeto sub iliajn verdajn lensojn sufiĉis por konvinki min ke li dormis, kvankam silente, tamen profunde, tra la tuta longo de la sep-ok plumbopezaj horoj tuj antaŭirintaj la foriron de la Prefekto.

La sekvintan matenon mi akiris, ĉe la Prefektejo, plenan raporton pri ĉiuj indikaĵoj kolektitaj, kaj, ĉe la oficejoj de la diversaj ĵurnaloj, ekzempleron de ĉiu ĵurnalo en kiu, de la komenco ĝis la fino, publikiĝis iu ajn decidiga informaĵo pri tiu malfeliĉa afero. Senigite je ĉio kio estis senrefute malpravigita, tiu informaĵamaso staris tiel:

Marnjo Roĝeto forlasis la loĝejon de sia patrino en Sankta-Andreino-Ŝoseo ĉirkaŭ la naŭa de la mateno en dimanĉo, la dudek dua de junio, 18--. Dum ŝia eliro ŝi informis Sinjoron Johanon Sankta-Eŭstakion, kaj nur lin, pri sia intenco pasigi la tagon ĉe onklino loĝanta en Trabo-Strato. Trabo-Strato estas

44

mallonga kaj mallarĝa sed dense enloĝata vojo situanta ne malproksime de la riverbordoj kaj ĉirkaŭ du mejlojn for, laŭ la laŭeble plej rekta itinero, de la pensiono de Sinjorino Roĝeto. Sankta-Eŭstakio estis la agnoskita amkandidato de Marnjo kaj ne nur loĝis, sed ankaŭ prenis siajn manĝojn, ĉe la pensiono. Li estis devonta iri renkonti sian fianĉinon je la krepuskohoro kaj akompani ŝin hejmen. En la posttagmezo, tamen, forta pluvo ekfalis; kaj, supozante ke ŝi tranoktus ĉe la onklino (same kiel ŝi jam faris antaŭe okaze de similaj cirkonstancoj) li opiniis ne devi teni sian promeson. Dum la nokto falis, Sinjorino Roĝeto (kiu estis malsana maljunulino sepdekjara) aŭdiĝis anoncante sian timon "ke neniam ŝi revidos Marnjon." Tamen, en tiu momento, la komento altiris malmultan atenton.

En lundo, oni certigis ke la knabino ne alvenis Trabo-Straton. Kaj kiam la tago finiĝis sen novaĵoj pri ŝi, malfrua serĉado iniciatiĝis ĉe diversaj punktoj de la urbo kaj ĝiaj najbarejoj. Estis nur en la kvara tago post la periodo de ŝia malapero ke oni ekhavis kontentigan informaĵon pri ŝi. En tiu tago (merkredo, la dudek kvina de junio), iu Sinjoro Bovejo, kiu, kun amiko, starigis demandojn pri Marnjo proksime al Stumpo-Barilo, sur tiu bordo de Sejno kiu kontraŭstaras Sankta-Andreino-Ŝoseon, ricevis informon laŭ kiu kelkaj fiŝkaptistoj ĵus bordenremarkis kadavron kiun ili malkovris en flosado sur la rivero. Ekvidinte la korpon, Bovejo, post iom da hezito, identigis ĝin kun tiu de la parfumejo-vendistino. Lia amiko rekonis ĝin pli rapide.

Sub la haŭto de la vizaĝo elfluis malhela sango, iom da kiu elvenis la buŝon. Vidiĝis nenia ŝaŭmo, kiel okazas en la kazo de tiuj nur dronintaj. Montriĝis nenia diskoloriĝo en la ĉelaj histoj. Ĉirkaŭ k gorĝo estis ekimozoj kaj fingropremaĵoj. La brakoj, fleksite sur la brusto, estis rigidaj. La dekstra mano estis pugnigita; la maldekstra, duonaperta. Sur la maldekstra manradiko estis du cirkloformaj ekskoriaĵoj, verŝajne la rezulto de ŝnuroj, aŭ de unu ŝnuro havinta pli ol unu volvaĵon. Parto de la dekstra manradiko, cetere, estis ege frotiritita, same kiel la mandorso laŭ ties tuta longo, sed precipe sur la skapoloj. Kiam ili bordentiris la korpon, la fiŝkaptitstoj alfiksis ŝnuron al ĝi, sed tio ne efikis sur la ekskoriaĵojn. La karno de la kolo multe ŝvelintis. Vidiĝis nek trançoj nek ekimozoj verŝajne kaŭzitaj de batoj. Oni malkovris puntopecon volvitan tiel streĉite ĉirkaŭ la kolon ke ĝi malaperis el la vido; ĝi estis entute subkarnigita kaj estis kunligita per nodo kuŝanta ĵus sub la maldekstra orelo. Tio sufiĉintus tute sole por senvivigi. La medicina raporto parolis memfide pri la virta karaktero de la mortinto. Ŝi estis la viktimo, ĝi diris, de brutala perforto. La kadavro estis en tia stato, kiam malkovrite, ke geamikoj scipovintus ĝin identigi senĝene. La robo estis ege ŝirita kaj alie malbonordigita. En la ekstera vestaĵo, strion, larĝan je ĉirkaŭ futo, oni suprenŝirintis de la suba orlo ĝis la talio, sen ĝin forŝiri. Gi estis volvita trifoje ĉirkaŭ la talio kaj fiksita per speco de kunigaĵo dorsaflanke. La robo subkuŝanta tiun eksteraĵon estis farita el fajna muslino kaj el tiu bendon larĝan je dek ok coloj oni forŝirintis entute— forŝirintis ege rektalinie kaj grandazorge. Tiun oni malkovris ĉirkaŭ ŝia kolo, kie ĝi kuŝis malstreĉite kaj fiksite per malmola nodo. Sur tiu muslina bendo kaj la puntostrio estis alfiksitaj kufofadenoj de kiuj pendis la kufo mem. La nodo kiu kunfiksis la kufofadenojn ne estis virina nodo, sed glitaĵa aŭ marista nodo.

Post la rekono de la kadavro, oni ne alportis ĝin, laŭ kutimo, al la kadavrejo, (tia ceremonio estis senbezona), sed ĝin enterigis haste kaj ne malproksime de la loko kie oni ĝin albordigis. Pere de la klopodoj de Bovejo, oni silentigis la aferon, laŭeble plej multe, ege energie, kaj forpasis pluraj tagoj antaŭ ol okazis ajnspeca publika reago. Tamen, ĉiusemajna ĵurnalo raportis finfine la eventon. Oni malenterigis la kadavron kaj estigis novan enketon sed malkovris neniajn indikaĵojn krom tiuj jam indikitaj. La vestaĵoj, tamen, estis liveritaj al la patrino kaj amikinoj de la mortinto, kaj tiuj identigis ilin plene kun tiuj surportataj de la knabino kiam ŝi eldomiĝis.

Dume la ekscitiĝo pligrandiĝis ĉiuhore. Pluraj personoj estis arestitaj kaj liberigitaj. Sankta-Eŭstakio precipe sin suspektigis; kaj li malsukcesis, komence, prezenti kompreneblan raporton pri sia kieo dum la dimanĉo en kiu Marnjo forlasis la domon. Poste, tamen, li havigis al Sinjoro G. ĵurdeklarojn donantajn kontentigan konton pri ĉiu horo de la koncerna tago. Dum tempo forpasis kaj nenia malkovro okazis, mil kontraŭstarantaj onidiraĵoj rondiris kaj ĵurnaloj sin aktivigis proponante *sugestojn*. Inter tiuj, altiris la plej grandan atenton la hipotezo ke Marnjo Roĝeto ankoraŭ vivis—ke la kadavro trovita en Sejno-Rivero estis tiu de iu alia malbonŝanculino. Decas ke mi sciigu al la leganto kelkajn citaĵojn ampleksantajn la aluditan hipotezon. Tiuj citaĵoj estas *laŭvortaj* tradukoj el *La Stelo,* ĵurnalo estrata kutime kun multe da kapablo.

"Fraŭlino Roĝeto forlasis la domon de sia patrino en dimanĉa mateno, la dekduan de junio, 18—, kun la ŝajna celo aliri viziti sian onklinon, aŭ ceteran konaton, en Trabo-Strato. Ekde tiu horo, laŭ ĉiuj indikaĵoj, neniu vidis ŝin. Ekzistas pri ŝi nek spuro nek novaĵo. **** Nenia persono sin prezentis, ĝis nun, dirante esti vidinta ŝin en tiu tago post kiam ŝi forlasis la pordon de sia patrino. **** Nun, kvankam ni havas nenian indikaĵon laŭ kiu Marnjo Roĝeto ankoraŭ vivis post la naŭa, en dimanĉo la dudek dua de junio, ni havas pruvon ke ĝis tiu horo ŝi ankoraŭ vivis. En merkredo, je tagmezo, virina kadavro estis malkovrita en flosado laŭ la bordo de Stumpo-Barilo. Eĉ se ni supozas ke oni ĵetis Marnjon Roĝeton en la riveron ene de tri horoj post kiam ŝi forlasis la domon de sia patrino, la malkovro okazis nur tri tagojn post kiam ŝi forlasis ĝin—tri laŭhorloĝajn tagojn. Sed estas malsaĝe supozi ke la murdo, se murdon ŝia korpo spertis, povintus efektiviĝi sufiĉe baldaŭ por ebligi ŝiajn murdintojn ĵeti la kadavron en la riveron antaŭ noktomezo. Tiuj kulpantaj pri tiel abomenaj krimoj preferas malhelon, kaj ne lumon. **** Tial ni konscias ke, se la kadavro malkovrita en la rivero ja estis tiu de Marnjo Roĝeto, ĝi povintus esti en la akvo nur du tagojn kaj duonon, certe ne plu ol tri. Ĉiuj indikaĵoj estas elmontrintaj ke dronintaj kadavroj, aŭ kadavroj ĵetitaj en la akvon tuj post murdo per perforto, bezonas ses-dek tagojn antaŭ ol okazos sufiĉa putrado por ilin levi ĝis la akvosurfaco. Eĉ kiam oni eksplodigas kanonon super kadavro kaj tiu leviĝas antaŭ almenaŭ kvin-sestaga mergado, ĝi resinkas, se oni ĝin lasas sola. Nun, ni demandas, kion havas tiu kazo por kaŭzi devojigon de la kutima itinero de la naturo? **** Se la murdintoj retenintus la kadavron en ĝia mutilata stato sur la riverbordo ĝis merkredonokto, ili postlasintus iun spuron pri sia tiea ĉeesto. Estas cetere dubinde ĉu la kadavro atingus flosadon tiel baldaŭ, eĉ se oni ĝin enĵetis du tagojn post ties morto. Kaj, aldone, estas ege malprobable ke iu ajn kanajlo farinta tian murdon kian ni hipotezas ĉi tie, enĵetintus la kadavron sen pezilo por ĝin sinkigi, kiam estintus tiel facile efektivigi tian antaŭzorgon."

La redaktoro komencas argumenti ĉi tie ke devige la kadavro estis en la akvo "ne nur tri tagojn, sed, almenaŭ, kvinoble tri tagojn," ĉar ĝi estis tiom putrinta ke Bovejo spertis grandajn ĝenojn klopodante ĝin identigi. Ĉi tiun lastan punkton, tamen, oni nepre malpruvis. Mi daŭrigas la tradukon:

"Kiuj, tial, estas la faktoj pro kiuj S-joro Bovejo diras nepre ne dubi ke la kadavro estis tiu de Marnjo Roĝeto? Li suprenŝiris la manikon de la robo kaj diras esti malkovrinta signojn lin kontentigintajn pri ŝia identeco. Generale la publiko supozis ke la koncernaj signoj konsistis el cikatroj. Li frotis la brakon kaj malkovris sur ĝi *hararon*—ion tiel malprecizan, ni opinias, kiel eblas imagi—tiel malmulte decidigan kiel malkovri brakon en la maniko. S-ro Bovejo ne revenis tiun nokton sed sendis mesaĝon al S-rino Roĝeto ŝin informantan, je la sepa, en la vespero de merkredo, ke ankoraŭ daŭras enketo pri ŝia filino. Se ni koncedas ke S-rino Roĝeto, pro aĝo kaj malĝojo, malkapablis transiri (kio estas koncedi multe), certe devis esti iu juĝinta ke valoris la penon transiri kaj ĉeesti la enketon, se tiu persono opiniis ke la kadavro estis tiu de Marnjo. Neniu transiris. Nek diriĝis nek aŭdiĝis sur Sankta-Andreino-Ŝoseo io ajn pri la afero kio atingis eĉ la enloĝantojn de la sama konstruaĵo. S-ro Sankta-Eŭstakio, la amkandidato kaj promesita edzo de Marnjo, kiu loĝis ĉe ŝia patrino, depozicias ke li aŭdis pri la malkovro de la kadavro de sia fianĉino nur la sekvintan matenon kiam S-ro Bovejo eniris lian ĉambron kaj informis lin pri ĝi. Ekŝajnas al ni ke, konsidere al la graveco de la novaĵo, oni ĝin ricevis tre trankvile."

Tiumaniere la ĵurnalo penadis estigi la senton ke la parencoj de Marnjo reagis al la novaĵo kun apatio, apatio malkonforma kun la supozo ke tiuj parencoj opiniis la kadavron esti ŝia. La subsugestoj de tio estas le jenaj: ke Marnjo, kun la helpo de siaj amikoj, malestigis sin disde la urbo pro kialoj temantaj pri plendo kontraŭ ŝia ĉasteco; kaj ke tiuj amikoj, post la malkovro de la kadavro en Sejno-Rivero, elprofitis la okazon por kredigi la publikon je ŝia morto. Sed denove La Stelo tro hastis. Estis pruvite preterdube ke malekzistis tia apatio kian oni imagis; ke la maljunulino, jam tre malforta, tiel maltrankviliĝis ke ŝi ne plu kapablis plenumi iun ajn devon; ke Sankta-Eŭstakio, anstataŭ ricevi la novaĵon senĉagrene, preskaŭ freneziĝis pro malĝojo kaj kondutis tiel furioze ke S-ro Bovejo konvinkis amikon kaj parencon prizorgi lin kaj malhelpi lin ĉeesti la enketon okaze de la malentombigo. Krom tio, kvankam La Stelo raportis ke la kadavro reentombiĝis je publika kosto, kaj ke la familio malagnoskis tre malvaran proponon entombigi la kadavron private, kaj ke nenia familiano ĉeestis la ceremonion—kvankam, mi diras, ĉion tion La Stelo asertis por daŭrige kredigi ĉe la publiko la senton kiun ĝi deziris estigi— tamen tion ĉion oni sukcesis malpruvi. En posta numero de la ĵurnalo, oni entreprenis suspektigi Bovejon mem. La redaktoro diras:

"Nun, tial, ŝanĝo eniras la aferon. Oni raportas al ni ke, en unu okazo, dum iu S-rino B. vizitis la domon de S-rino Roĝeto, S-ro Bovejo, kiu estis elironta, diris al ŝi ke oni atendas la alvenon de ĝendarmo kaj ke ŝi, S-rino B., diru nenion al la ĝendarmo antaŭ lia reveno kaj lasu lin

49

pritrakti la aferon. **** En la nuna stato de la afero, ŝajnas ke S-ro Bovejo tenas la kazon en ŝlosado en sia kapo. Oni ne rajtas fari ununuran paŝon sen S-ro Bovejo, ĉar en kiu ajn direkto vi moviĝas, vi lin renkontas. **** Pro iu kialo, li decidiĝis ke neniu krom li mem pritraktu ajnmaniere la aferon, kaj li flankenigis, kvazaŭ kubutŝove, ĉiujn virseksajn parencojn, laŭ iliaj raportoj, en tre malkutima maniero. Ŝajnas ke li ege malkonsentis permesi la parencojn ekvidi la kadavron."

Pro la sekvonta fakto, iom koloriĝis la suspekto ĵetita tial sur Bovejon. Vizitanto ĉe lia oficejo, kelkajn tagojn antaŭ la malapero de la knabino, kaj dum la foresto de ĝia okupanto, ekvidis *rozon* en la ŝlosiltruo de la pordo kaj la nomon *Marnjo* skribitan sur tabelo pendanta proksime.

La ĝenerala sento, tiom bone kiom ni sukcesis ĝin rikolti el la ĵurnaloj, ŝajnis esti la jena, ke Marnjo estis la viktimo de *bando* da krimeguloj—ke fare de tiuj ŝi estis portita trans la riveron, mistraktita kaj murdita. *La Komercanto,* tamen, ĵurnalo ĝuanta grandan influon, serioze kontraŭstaris tiun popularan opinion. Mi citas unu-du ekstraktojn eltiritajn el ĝiaj kolumnoj:

"Ni estas konvinkitaj ke ĝis nun la enketo sekvas falsan spuron, konsidere ke ĝi koncentriĝas sur Stumpo-Barilo. Maleblas ke fraŭlino tiel bone konata al miloj da homoj kiel estis tiu junulino, laŭpasis tri domblokojn sen ke iu ajn vidis ŝin; kaj memorintus tion iu ajn ŝin vidinta, ĉar interesiĝis pri ŝi ĉiuj ŝin konantaj. Kiam ŝi eksterhejmiĝis, estis je horo kiam la stratoj estis plenaj je homoj. **** Maleblas ke ŝi iris al Stumpo-Barilo aŭ al Trabo-Strato sen ke rekonis ŝin dek du homoj; tamen sin prezentis neniu kiu vidis ŝin ekster la dompordo de ŝia patrino, kaj estas nenia indikaĵo, krom la atesto pri ŝiaj *anoncitaj intencoj,* ke verfakte ŝi foriris. Ŝia robo estis ŝirita, volvita ĉirkaŭ ŝi kaj kunligita, kio signifas ke la korpo estis transportita kiel pakaĵo. Se oni efektivigintus la murdon ĉe Stumpo-Barilo, malnecesintus tia aranĝo. La fakto ke la kadavro estis malkovrita en flosado proksime al la Barilo konsistigas nenian pruvon pri la loko kie oni ĝin ĵetis en la akvon. **** Peco de unu el la subjupoj de la malbonŝanculino, longa je du futoj kaj larĝa je futo, estis forŝirita kaj kunligita sub ŝia mentono ĉirkaŭ la malantaŭo de ŝia kapo, sendube por malhelpi ekkriojn. Faris tion uloj al kiuj mankis poŝtukoj."

Unu-du tagojn antaŭ ol la Prefekto petis nian helpon, tamen, atingis la policon kelkaj gravaj informaĵoj ŝajnantaj renversi almenaŭ la ĉefan parton de la argumento de *La Komerco.* Du knabetoj, filoj de iu Sinjorino DeLuko, dum ili vagiradis tra la arbareto proksime al Stumpo-Barilo, penetris hazarde densan vepron, ene de kiu malkovriĝis tri-kvar ŝtonegoj formantaj specon de seĝo havanta apogilon kaj piedskabelon. Sur la supra ŝtono kuŝis blanka subjupo; sur la dua, silka skarpo. Ankaŭ sunombrelo, gantoj kaj poŝtuko malkovriĝis ĉi tie. La poŝtuko surportis la nomon "Marnjo Roĝeto." Roberoj malkovriĝis sur la ĉirkaŭaj dornarbustoj. La tero estis tretita, la arbustoj estis rompitaj, kaj ĉiu indikaĵo sugestis ke tie okazis batalo. Inter la vepro kaj la rivero oni trovis la barilojn dismuntitaj, kaj surteraj spuroj indikis ke laŭ tiu vojo estis trenita peza ŝarĝo.

Ĉiusemajna ĵurnalo, *La Suno,* publikigis la sekvontajn komentojn pri tiu malkovro—komentojn nur ĉhoantajn la senton de la tuta Pariza gazetaro:

"La objektoj estis jam tie verŝajne de almenaŭ tri-kvar semajnoj; melduo ege difektis ilin pro la ago de la pluvo kaj kungluis ilin. La herbo kreskis ĉirkaŭ kaj super kelkaj el ili. La silko de la sunombrelo restis forta, sed interne ties fadenoj estis intermiksitaj. La supran parton, kie oni ĝin duobligis kaj faldis, melduo difektis kaj putrigis, kaj ĝi disŝiriĝis kiam oni ĝin malfermis. **** La roberoj elŝiritaj per la arbustoj estis larĝaj je ĉirkaŭ tri coloj kaj longaj je ses coloj. Unu peco estis la orlo de la robo kaj ĝi estis flikita; la alia peco estis parto de la jupo, ne la orlo. Ili aspektis kiel forŝiritaj strioj kaj surestis la dornarbuston, ĉirkaŭ futon super la grundo. **** Estas nepre maldubende tial ke malkovriĝis la loko kie okazis tiu abomenaĵo."

Post tiu malkovro, aperis novaj indikaĵoj. S-rino DeLuko depoziciis ke ŝi tenas apudvojan gastejon ne malproksime de la riverbordo, kontraŭflanke al Stumpo-Barilo.La kvartalo estas izolita—aparte tia. Gi estas la kutima dimanĉa ĉeestejo de la kanajloj de la urbo, kiuj transiras la riveron boate. Ĉirkaŭ la tria de la posttagmezo, en la koncerna dimanĉo, junulino alvenis la gastejon, akompanate de junulo de malhela haŭtkoloro. La paro restis tie dum kelke da tempo. Kiam ili foriris, ili sekvis vojon kondukantan al kelkaj densaj arbaretoj de la ĉirkaŭejo. S-rino DeLuko atentis precipe la robon kiun surportis la junulino, pro ties simileco al robo surportita de forpasinta parencino. Si aparte atentis skarpon. Baldaŭ post la foriro de la paro, bando da fiuloj aperis, kondutis brueme, manĝis kaj drinkis sen pagi, sekvis la vojon de la junulo kaj la junulino, revenis al la gastejo iom je krepusko kaj retransiris la riveron kvazaŭ dezirante hastegi.

Estis baldaŭ post la malheliĝo, en tiu sama vespero, ke S-rino DeLuko, same kiel ŝia plej aĝa filo, aŭdis inajn kreigojn proksime al la gastejo. La kriegoj estis fortegaj sed mallonge daŭraj. S-rino DeLuko rekonis ne nur la skarpon malkovritan en la vepro, sed ankaŭ la robon kiun oni malkovris sur la kadavro. Omnibuskondukisto, Valenco, nun depoziciis ankaŭ esti vidinta Marnjon Roĝeton transiri Sejno-Riveron sur pramo, en la koncerna dimanĉo, en la kompanio de malhelhaŭta junulo. Li, Valenco, konis Marnjon, kaj maleblis ke li ŝin misidentigu. La objektojn malkovritajn en la vepro identigis entute la parencoj de Marnjo.

La indikaĵoj kaj informaĵoj kiujn mi mem kunigis tiel, el la ĵurnaloj, responde al la rekomendo de Dupino, ampleksis nur solan lastan punkton—sed ĉi tiu estis punkto de verŝajne grandega graveco. Ŝajnas ke, tujege post la malkovro de la vestaĵoj ĉi supre priskribitaj, la senviva, aŭ preskaŭ senviva korpo, de Sankta-Eŭstakio, la fianĉino de Marnjo, malkovriĝis proksime al la loko kiun ĉiuj nun supozis esti la okazejo de la abomenaĵo. Flakoneto surportanta la etikedon "laŭdano," malplena, estis malkovrita proksime al li. Sur lia spirado oni flaris la odoron de la veneno. Li mortis sen paroli. Sur lia persono troviĝis letero, raportante mallonge lian amon al Marnjo, kaj lian celon sin detrui.

"Apenaŭ mi bezonas diri al vi," anoncis Dupino, dum li finlegis miajn notojn, "ke ĉi tiu kazo estas ege pli komplika ol tiu de Kadavrejo-Strato, disde kiu ĝi malsamas en unu grava aspekto. Ĉi tiu estas *ordinara,* kvankam abomena ekzemplo de krimo. Ĝi enhavas nenion aparte *neordinaran.* Vi konscios ke, pro tiu kialo, la misteron oni juĝis facile, kiam, pro tiu sama kialo, oni devintus juĝi ĝin malfacile solvebla. Tial, komence, oni pensis ke estis malnecese proponi recompencon. La mirmidonoj de G. scipovis tuj kompreni kiel kaj kial tian abomenaĵon *onipovintus* efektivigi. Ili scipovis imagi rimedon— multajn rimedojn—kaj motivon—multajn motivojn. Kaj ĉar ne maleblis ke iu ajn el tiuj diversaj rimedoj kaj motivoj *povintus* esti la vera, senplue ili konsentis ke unu el ili *devige* estis la vera. Tamen la facilecon je kiu oni konsideris tiujn diversajn supozojn kaj la kredindecon mem kiun ĉiu supozo alprenis al si, oni devintus konsideri indikaĵoj, ne de la facilaĵoj, sed de la malfacilaĵoj postulantaj klarigon. Jam antaŭe mi konstatis ke estas pere de elstaraĵoj super la nivelo de la kutimeco ke la rezonado elpalpas la vojon, se iel ajn, dum sia serĉado pri la vero kaj ke la taŭga demando en tiaj kazoj kia la koncerna, estas malpli 'kio okazis?' kaj pli 'kio okazis neniam antaŭe okazinta?' Dum la enketoj evoluintaj ĉe S-rino Lespanajo, la agentoj de G. malkuraĝiĝis kaj konsterniĝis pro tiu *malkutimeco* kiu, por bonordigita intelekto, disponigintus la plej certan aŭguron pri sukceso, dum tiu sama intelekto povintus eble sin faligi en senesperon pro la kutima karaktero de ĉio sin prezentinta al la vido en la kazo de la parfumejo-vendistino, tamen anoncinta nenion krom facila triumfo al la funkciuloj de la Prefekturo.

"En la kazo de S-rino Lespanajo kaj ŝia filino, tute ne dubendis, eĉ je la komenco de nia enketo, ke murdo okazis. Tuj ekskludiĝis ĉiu hipotezo pri sindetruo.Ci tie, ankaŭ, ni estas senigitaj, je la komenco, je la devo estigi supozojn pri memmurdo. La kadavro malkovrita ĉe Stumpo-Barilo, malkovriĝis en tiaj circonstancoj ke ni ne riskas erari pri tiu punkto. Sed estas sugestite ke la kadavro malkovrita ne estas tiu de Marnjo Roĝeto por la kondamno de kies murdinto, aŭ murdintoj, la monrekompenco estas promesita kaj pri kiu, ununure, nia akordo estas aranĝita kun la Prefekto. Ni ambaŭ konas bone tiun sinjoron. Estos malsaĝe tro fidi lin. Se, komencante niajn enketojn ekde la malkovrita kadavro, kaj tiam spurante murdinton, ni ekscios sekve ke tiu korpo estas tiu de persono alia ol Marnjo; aŭ, se, komencante ekde la vivanta Marnjo, ni malkovros ŝin, sed malkovros ŝin en vivanta stato—en iu ajn kazo ni malŝparas nian laboron, ĉar temas pri Sinjoro G. kun kiu ni devas trakti. Por nia propra celo, tial, se ne por la celo de justeco, estas nepre devige ke nia unua paŝo estu certigi ke la koncerna kadavro estas tiu de la mankanta Marnjo Roĝeto.

"Al la publiko la argumentaro de *La Stelo* trudas peze; kaj ke la ĵurnalo mem estas konvinkita pri ilia graveco verŝajnas pro la maniero en kiu ĝi komencas unu el siaj eseoj pri la temo—'Pluraj matenaj ĵurnaloj de la tago,' ĝi diras, 'parolas pri la decidiga artikolo en la lundotaga numero de *La Stelo.'* Laŭ mi tiu artikolo ŝajnas decidiga pri malmulto preter la entuziasmo de ties aŭtoro. Ni devas reteni en la menso tion ke, ĝeneralregule, la celo de niaj ĵurnaloj estas estigi grandan eksciton—certigi hipotezon—pli ol spuri la vojon de la vero. Tiulastan celon ili penadas atingi nur kiam ĝi ŝajnas koincidi kun la unua celo. La ĵurnalo konsentanta akordiĝi kun la komuna opinio (kiom ajn bone fundita troviĝas tia opinio) ne gajnas la aprobon de la homamaso. La homamaso taksas profunda nur lin kiu proponas *mordajn kontraŭdirojn* al la ĝenerala koncepto. En raciigo, ne malpli ol en literaturo, estas la *epigramo* kiun oni alttaksas la plej tujege kaj la plej universale. En ambaŭ kazoj, ĝi staras sur la plej malalta nivelo de merito.

"Mi volas diri ke la intermiksitaj epigramaj kaj melodramaj

54

kvalitoj de la koncepto ke Marnjo Roĝeto ankoraŭ vivas, pli ol iu ajn vera verŝajneco de la koncepto, estas tio kio altiris la atenton de *La Stelo* kaj gajnis la aprobon de la publiko. Ni kontrolu la bazojn de la argumento de tiu ĵurnalo, penadante eviti la malklaron kun kiu ĝi estis origine proponita.

"La unua celo de la ĵurnalisto estas komprenigi, pro la mallongo de la tempodaŭro inter la malapero de Marnjo kaj la malkovro de la flosanta kadavro, ke ĉi tiu kadavro ne povas esti tiu de Marnjo. La redukto de tiu tempodaŭro al ties laŭeble plej malgranda dimensio fariĝas tiel, tujege, celo de la rezonanto. En la temerara kurserĉo pri tiu celo, li sin hastigas en nuran supozadon ekde la komenco. 'Estas malsaĝe supozi,' li diras, 'ke la murdo, se murdon ŝia korpo spertis, povintus efektiviĝi sufiĉe baldaŭ por ebligi ŝiajn murdintojn ĵeti la kadavron en la riveron antaŭ noktomezo.' Ni demandas tuj, kaj tre nature, *kial?* Kial estas malsaĝe supozi ke la murdo efektiviĝis *en kvin minutoj* post kiam la knabino forlasis la domon de sia patrino? Kial estas malsaĝe supozi ke la murdo efektiviĝis je iu ajn elektita periodo de la tago? Estas okazintaj murdoj je ĉiuj horoj. Sed, se la murdo okazintus je iu ajn momento inter la naŭa de la mateno de dimanĉo kaj kvaronhoro antaŭ noktomezo, ankoraŭ restintus sufiĉe da tempo por 'ĵeti la kadavron en la riveron antaŭ noktomezo.' Tiu supozo, tial, estas precize ekvivalenta al tio—ke la murdo nepre ne efektiviĝis en dimanĉo—kaj se ni permesas tian supozon al *La Stelo,* ni devas permesi al ĝi iujn ajn liberecojn. La alineo kiu komenciĝas: 'Estas malsaĝe supozi ke la murdo, ktp.,' kiel ajn ĝi aperas presite en *La Stelo,* ekzistis verfakte en la cerbo de ties aŭtoro, ni povas imagi, *jene:* 'Estas malsaĝe supozi ke la murdo, se murdon la korpo spertis, povintus efektiviĝi sufiĉe baldaŭ por ebligi ŝiajn murdintojn ĵeti la kadavron en la riveron antaŭ noktomezo; estas malsaĝe, ni diras, supozi ĉion tion, kaj supozi en la sama momento, (kiel ni rezolutiĝas supozi,) ke la kadavron oni *ne* enĵetis antaŭ *post* noktomezo'—frazo sufiĉe senrezulta en si, sed ne tiel nepre absurda kiel la presita frazo.

"Se mia celo estus," pluparolis Dupino, 'nur *kontraŭstari* ĉi tiun parton de la argumento de *La Stelo,* mi povus sendanĝere lasi ĝin tie kie ĝi estas. Ne temas, tamen, pri *La Stelo,* sed pri la vero. La frazo havas ununuran signifon, en sia nuna formato; kaj tiun signifon mi honeste deklaris; sed gravas ke ni iru malantaŭ la nurajn vortojn, serĉante la koncepton kiun tiuj vortoj celis, sed malsukcesis, prezenti. Estis la intenco de la ĵurnalistoj diri ke, je kiu ajn horo de la tago aŭ de la nokto de dimanĉo tiu murdo efektiviĝis, estis malprobable ke la murdintoj kuraĝintus transporti la kadavron al la rivero antaŭ noktomezo. Kaj ĉi tie situas, efektive, la supozo pri kiu mi plendas. Estas supozate ke la murdo efektiviĝis en tia loko, kaj en tiaj cirkonstancoj, ke *ĝin transporti* al la rivero eknecesis. Nu, povas esti ke la murdo okazis sur la riverbordo, aŭ sur la rivero mem; kaj, tial, ĵeti la kadavron en la riveron oni povintus elekti en iu ajn periodo de la tago aŭ de la nokto, kiel la plej verŝajnan kaj la plaj tujan rimedon sin senigi je ĝi. Vi komprenu ke neniel mi taksas ion ajn probabla, nek koincida kun mia persona opinio. Mia celo, ĝis nun, havas nenian rilaton kun la *faktoj* de la kazo. Mi deziras nur vin averti kontraŭ la tuta sinteno de la *sugesto* de *La Stelo,* vin atentigante pri ties *partia* karaktero ekde la komenco.

"Tial, fiksinte limon konvenantan al siaj propraj antaŭkonceptitaj supozoj; hipotezinte ke, se tiu estus la korpo de Marnjo, ĝi povintus esti en la avko nur mallongan tempon, la ĵurnalo diras daŭrige:

> 'Ĉiu spertado elmontras ke dronintaj kadavroj, aŭ
> kadavroj ĵetitaj en la akvon tuj post murdo per perforto,
> bezonas ses-dek tagojn por ke okazu sufiĉa putrado por
> ilin suprenlevi al la akvosurfaco. Eĉ kiam oni pafas
> obuson super kadavro kaj tiu leviĝas antaŭ almenaŭ kvin-
> sestaga mergado, ĝi resinkas, se oni ĝin lasas sola.'

"Tiujn asertojn ricevis senkontrole ĉiu ĵurnalo de Parizo, krom *La Monitoro.* Tiulasta informilo penadas kontraŭstari nur tiun parton de la alineo kiu aludas 'dronintajn kadavrojn,' citante kvin-ses okazojn kiam la kadavroj de personoj, laŭscie dronintaj, malkovriĝis en flosado post tempodaŭro malpli longa ol tiu postulita de *La Stelo*. Sed estas io troege malfilozofia en la klopodo de *La Monitoro* malpruvi la ĝeneralan aserton de *La Stelo* pere de la citado de apartaj okazoj kontraŭstarantaj la aserton. Se eblintus citi kvindek anstataŭ kvin ekzemploj pri kadavroj malkovritaj en flosado je la fino de du-tri tagoj, oni rajtintus tamen konsideri tiujn kvindek ekzemplojn nur kiel esceptojn de la regulo de *La Stelo* ĝis la tempo kiam eblus refuti la regulon mem. Agnoskante la regulon, (kaj tiun *La Monitoro* ne fornegas, insistante nur pri ties esceptoj,) la argumenton de *La Stelo* oni lasas stari en plena potenco; ĉar tiu argumento pretendas pritrakti nenion krom la temo de la *probableco* ke la kadavro leviĝis al la surfaco en malpli ol tri tagoj; kaj ĉi tiu probableco subtenos la vidpunkton de La Stelo ĝis la ekzemploj tiel infane cititaj estos sufiĉe multnombraj por estigi kontraŭstarantan regulon.

"Vi vidos tuj ke ĉiun argumenton pri tiu temo oni devus direkti, se kontraŭ io ajn, kontraŭ la regulo mem; kaj por atingi tiun celon ni devas kontroli la *raciigon* de la regulo. Nu la homa korpo, ĝeneralparole, estas nek multe pli malpeza nek multe pli peza ol la akvo de Sejno-Rivero; tio estas, la specifa gravito de la homa korpo, en ties natura kondiĉo, egalas preskaŭ la volumenon da freŝa akvo kiun ĝi dismetas. La korpoj de korpulentaj kaj karndikaj personoj, kun malgrandaj ostoj, kaj de virinoj, ĝenerale, estas pli malpezaj ol tiuj de la maldikaj kaj grandostaj, kaj de viroj; kaj la specifan graviton de akvo de rivero iom influas la ĉeesto de la martajdo. Sed, metante preter diskutado la tajdon, ni rajtas diri ke *ege* malmultaj homaj korpoj sinkos, eĉ iomete, eĉ en freŝa akvo, *propravole*. Preskaŭ iu ajn, falinte en riveron, povos flosadi, se li permesos la specifan graviton de la akvo funkcii taŭge rilate al lia propra gravito— tio estas, se li permesos ke lia tuta persono mergiĝu, kun laŭeble la plej malmulto da escepto. La taŭga pozo por tiu malscipovanta naĝi estas la vertikala pozo de la surtera piediranto, kun la kapo entute renversita kaj mergita, tiamaniere ke restas super la surfaco nur la buŝo kaj la naztruoj. Tiel aranĝite, ni konscios ke ni flosas senĝene kaj senlabore. Estas evidente, tamen, ke la gravitoj de la korpo kaj de la volumeno da akvo dismetita estas en bona ekvilibro kaj ke nura iometaĵo povos superigi unu aŭ la alian. Brako, ekzemple, levite el la akvo, kaj sin seniginte tiel je sia subteno, estas aldona pezo sufiĉa por mergi la tutan kapon, dum la hazarda helpo de la plej malgranda lignopeco nin ebligos levi la kapon kaj ĉirkaŭrigardi. Nu, okaze de la baraktadoj de persono malalkutimiĝinta al naĝado, senescepte la brakoj suprenĵetiĝas, dum la viktimo strebadas teni la kapon en ties kutima vertikala pozo. Rezultas la mergado de la buŝo kaj la naztruoj kaj la enigo, dum oni strebadas enspiri sub la surfaco, de akvo en la pulmojn. Multe da akvo eniras ankaŭ la stomakon kaj la tuta korpo plipeziĝas je la diferenco inter la pezo de la aero origine disstreĉinta tiujn kavaĵojn kaj tiu de la likvaĵo nun ilin pleniganta. Tiu diferenco sufiĉas por sinkigi la korpon, ĝeneralregule; sed malsufiĉas en la kazo de homoj havantaj malgrandajn ostojn kaj malkutiman kvanton da malfirma aŭ grasa materio. Tiaj personoj flosas e ĉ post droni.

"La kadavro, supozate esti ĉefunde de la rivero, restos tie ĝis, iumaniere, ties specifa gravito denove fariĝos malpli ol tiu de la volumeno de la akvo kiun ĝi dismetas. Tiun efikon estigas putrado, aŭ alia procedo. La rezulto de putrado estas la estigo de gaso, kiu ŝveligas la ĉelajn histojn kaj ĉiujn kavaĵojn kaj efektivigas la *pufigitan* aspekton kiu estas tiel terura. Kiam tiu pufigo evoluas ĝis punkto kie la kadavro pligrandiĝas materie sen responda pligrandiĝo de *maso* aŭ pezo, ĝia specifa gravito fariĝas malpli ol tiu de la akvo dismetita kaj senprokraste ĝi aperas ĉe la surfaco. Sed putradon modifas sennombraj cirkonstancoj, fruigas aŭ malfruigas sennombraj perantoj; ekzemple, la varmo aŭ malvarmo de la sezono, la minerala impregnado aŭ la pureco de la akvo, ties profundeco aŭ malprofundeco, ties moviĝado aŭ senmoviĝado, la temperamento de la korpo, ties antaŭmorta malsana aŭ bonsana kondiĉo. Tial estas evidente ke ni malrajtas antaŭanonci, kun iu ajn precizeco, en kiu periodo la kadavro ĉesurfaciĝos pro putrado. En kelkaj kondiĉoj tiu rezulto povus okazi en malpli ol unu horo; en aliaj kondiĉoj, ĝi povus entute malokazi. Estas kemiaj impregnaĵoj pere de kiuj la animalan

58

framon oni povas konservi ĝis ĉiam kontraŭ putrado; hidrarga biklorido estas tia impregnaĵo. Sed, krom putrado, povas okazi, kaj kutime okazas, estigo de gaso en la stomako, pro la aceta fermentado de vegetala matcrio (aŭ en aliaj kavaĵoj pro aliaj kialoj) sufiĉa por levi la korpon al la surfaco. La efiko de obuspafado estas tiu de simpla vibrado. Tio povas aŭ liberigi la kadavron el la mola koto aŭ ŝlimo en kiu ĝi estas enfiksita, tial permesante ĝin leviĝi post kiam aliaj perantoj jam pretigis tian moviĝon; aŭ tio povas superi la tenacecon de kelkaj putrintaj partoj de la ĉela histo, permesante ke la kavaĵoj ŝvelu sub la influo de la gaso.

"Tenante antaŭ ni, tial, la tutan filozofion pri tiu temo, ni povas facile ĝin apliki por kontroli la deklarojn de *La Stelo*. 'Ĉiu spertado elmontras,' diras tiu ĵurnalo, 'ke dronintaj kadavroj, aŭ kadavroj ĵetitaj en la akvon tuj post perforta murdo, bezonas ses-dek tagojn por ke okazu sufiĉa putrado por ilin levi ĝis la akvosurfaco. Eĉ kiam oni pafas obuson super kadavro kaj tiu leviĝas antaŭ almenaŭ kvin-sestaga mergado, ĝi resinkas se oni ĝin lasas sola.'

"La tutaĵo de tiu alineo devas sin elmontri nun teksaĵo de sensekvaĵoj kaj senkoheraĵoj. Ĉiu spertado *ne* elmontras ke dronintaj kadavroj *bezonas* ses-dek tagojn por ke okazu sufiĉa putrado por ilin levi al la akvosurfaco. Scienco kaj spertado, ambaŭ, elmontras ke la periodo de ilia leviĝo estas, kaj devige cstas, nepreciza. Se, krome, kadavro leviĝas al la surfaco pro kanona obuspafo, ĝi ne 'resinkas se oni lasas ĝin sola,' antaŭ ol la putrado evoluis sufiĉe longan tempon por permesi la eskapon de la estigita gaso. Sed mi deziras atentigi vin pri la distingo kiun oni faras inter 'dronintaj korpoj' kaj 'korpoj ĵetitaj en la akvon tujege post morto per perforto.' Kvankam la ĵurnalisto agnoskas la distingon, tamen li kunigas ilin ĉiujn en la sama kategorio. Mi elmontris kiel okazas ke la korpo de dronanta homo fariĝas specife pli peza ol ties volumeno da akvo kaj ke li nepre ne sinkos escepte pro la baraktoj pere de kiuj li levas la brakojn preter la surfaco kaj pro la spircelaj anheloj sub la surfaco—anheloj kiuj anstataŭas per akvo la aeron origine situintan en la pulmoj. Sed tuj baraktoj kaj anheloj ne okazus en korpo 'ĵetita en la akvon tuj post morto per perforto.' Tial, en tiu lasta kazo, *la korpo, ĝeneralregule, nepre ne sinkus*—fakto pri kiu *La Stelo* estas verŝajne senscia. Kiam putrado evoluis ĝis grandega grado—kiam la karno grandaparte forlasis la ostojn—tiam, efektive, sed ne *antaŭ* tiam, ni ĉesus vidi la kadavron.

"Kaj nun, kiel ni reagu al la argumento laŭ kiu la malkovrita kadavro ne povintus esti tiu de Marnjo Roĝeto, ĉar, post nur tri tagoj da intertempo, la korpo malkovriĝis en flosado? Se droninte, estante virino, ŝi povintus neniam sinki; aŭ, sinkinte, povintus reaperi en dudek kvar horoj, aŭ malpli. Sed neniu supozas ke ŝi dronis. Kaj se ŝi mortis antaŭ ol esti ĵetita en la akvon, ŝi povintus esti malkovrita en flosado en iu ajn posta periodo.

"'Tamen,' diras *La Stelo,* 'se la murdintoj retenintus la kadavron en ĝia mutilita stato sur la riverbordo ĝis merkredonokto, ili postlasintus iun spuron pri sia tiea ĉeesto.' Ĉi tie estas malfacile, unuavide, percepti la celon de la rezonanto. Li celas antaŭtrakti, laŭ sia supozo, eblan proteston pri sia teorio—t. e., ke la kadavron oni retenis sur la riverbordo du tagojn, tial efektivigante rapidan putradon—*pli* rapidan ol okazintus en subakva mergado. Li supozas ke, se tio estintus la kazo, ĝi *povintus* aperi sursurface en merkredo kaj juĝas ke *nur* sub tiaj cirkonstancoj ĝi povintus tiel aperi. Li hastas, rezulte, elmontri ke ĝi *ne* estis retenita surborde; ĉar, se tio estintus la kazo, 'la murdintoj postlasintus iun spuron sur la bordo. Mi supozas ke vi ridetas pri la *konkludo*. Vi malsukcesas kompreni kiel la nura *tempodaŭro* de la surborda restado de la korpo povus agi por *plimultigi spnrojn* pri la murdintoj. Malukcesas kompreni tion ankaŭ mi.

"'Kaj cetere estas ege malprobable,' daŭrige asertas nia ĵurnalo, 'ke ajna kanajlo farinta tian murdon kian ni hipotezas ĉi tie, enĵetintus la kadavron sen pezilo por ĝin sinkigi, kiam estintus tiel facile efektivigi tian antaŭzorgon.' Ni konstatu ĉi tie la ridindan konfuzon de pensado! Neniu—eĉ ne *La Stelo*—pridisputas la murdon faritan *al la malkovrita korpo.* La signoj de perforto estas tro videblaj. Estas la celo de nia rezonanto nur komprenigi ke ĉi tiu korpo ne estas tiu de Marnjo. Li deziras pruvi ke *Marnjo* ne estis murdita, ne ke la kadavro ne estis murdita. Tamen lia konstato pruvas nur tiun lastan punkton. Jen estas kadavro sen alfiksita pezilo. Murdintoj, lin enĵetonte, ne hezitintus alfiksi pezilon. Tial enĵetis ĝin ne murdintoj. Estas pruvita nur tio, se io ajn. Oni eĉ ne aliras la temon de la identeco de la viktimo, kaj nun *La Stelo* penadegas kontraŭdiri tion kion nur antaŭ momento ĝi agnoskis. 'Ni estas nepre konvinkitaj,' ĝi diras, 'ke la malkovrita kadavro estis tiu de murdita virino.'

"Krome, tio ne estas la sola okazo, eĉ en tiu fako de sia temo, kie nia rezonanto rezonas senscie kontraŭ si. Lia verŝajna celo, mi jam diris, estas mallongigi, laŭeble plej multe, la tempodaŭron inter la malapero de Marnjo kaj la malkovro de la kadavro. Tamen ni vidas ke li *emfazas* la punkton ke neniu vidis la knabinon post kiam ŝi forlasis la domon de sia patrino. 'Ni havas nenian indikaĵon,' li diras, 'laŭ kiu Marnjo Roĝeto vivis ankoraŭ post la naŭa, en dimanĉo, la dudek dua de junio.' Pro tio ke lia argumento estas memklare *partia*, li devintus, almenaŭ, lasi tiun aferon ekstervide; ĉar se iu ajn, laŭscie, vidis Marnjon, ni diru, en lundo, aŭ en mardo, la koncerna tempodaŭro estintus multe pli mallongigita kaj, laŭ lia propra rezonado, multe pli malgrandigita la probableco ke la kadavro estu tiu de la kudristino. Estas, ĉiomalgraŭe, amuze konstati ke *La Stelo* insistas pri sia punkto, plene opiniante ke tio progresigos la ĝeneralan argumenton.

"Relegu nun tiun parton de tiu argumento kiu rilatas al la identigo de la kadavro fare de Bovejo. Pri la *hararo* sur la brako, *La Stelo* estis evidente malsincera. S-ro Bovejo, kiu ne estas idioto, ne scipovintus citi, identigante la kadavron, nur *surbrakan hararon*. Nenia brako estas *senharara*. La ĝeneraleco de la diraĵo de *La Stelo* estas nur ia perversaĵo de la vortaranĝado de la depoziciinto. Devige li parolis pri iu *aparteco* vidita en tiu hararo. Devintus temi pri aparteco de koloro, de kvanto, de longo aŭ de situacio.

"'Ŝia piedo,' diras laĵurnalo, 'estis malgranda'—tiaj estas miloj da piedoj. Nek ŝia ĝartero nek ŝia ŝuo estas pruvaĵo—ĉar ŝuoj kaj ĝarteroj vendiĝas en pakaĵoj. La samaĵon oni rajtas diri pri la floroj en ŝia ĉapelo. Detalo pri kiu S-ro Bovejo insistas forte estas tio ke la agrafo de la malkovrita ĝartero estis retirita por malpligrandigi ĝin. Tio signifas nenion, ĉar virinoj, plejparte, juĝas dece hejmenporti paron da ĝarteroj kaj akordigi ilin kun la dimensioj de la ĉirkaŭtaj membroj, anstataŭ ilin akordigi en la vendejo kie ili ilin aĉetas.' Ĉi tie estas malfacile kredi sincera la rezonanton. Se S-ro Bovejo, serĉante la korpon de Marnjo Roĝeto, malkovrintus kadavron respondantan laŭ ĝeneralaj grandeco kaj aspekto al la mankanta knabino, li rajtintus (sen eĉ konsideri la temon de vestaĵoj) supozi sian serĉadon sukcesa. Se, preter la punkto de ĝeneralaj grandeco kaj profilo, li malkovrintus sur la brako strangan hararan aspekton jam viditan sur la vivanta Marnjo, li rajtintus plifortigi sian opinion; kaj la plifortigo de tiu certeco povintus kvantiĝi laŭ la aparteco, aŭ la malkutimeco, de la harara indikaĵo. Se, rilate al la malgrandeco de la piedoj de Marnjo, ankaŭ la piedoj de la kadavro estis malgrandaj, la pligrandiĝo de la probableco ke la korpo estis tiu de Marnjo ne estus pligrandiĝo laŭ nura aritmetika sed laŭ ege geometria, aŭ akumula kvantiĝo. Aldonu al ĉio tio ŝuojn de speco kiun laŭscie ŝi surportis en la tago de sia malapero, kaj, kvankam tiuj ŝuoj 'vendiĝas en pakaĵoj,' vi tiel multe pligrandigas la probablecon ke vi atingas la randon de la vero. Tio kio, en si, estus nenia pruvo pri identeco, fariĝas pro sia konfirma karaktero, pruvo neprega. Havigu al ni, tial, florojn en la ĉapelo respondantajn al tiuj surportitaj de la mankanta knabino, kaj ni serĉu nenion pluan. Se temas pri nur *unu* floro, ni serĉas nenion pluan—kiel ni reagu se temas pri du aŭ tri aŭ plu? Ĉiu cetera floro estas multobla atestaĵo— pruvaĵo ne *aldonita* al pruvaĵo, sed *multigita* centoble aŭ miloble. Ni nur malkovru, sur la forpasinto, tiajn ĝarterojn kiajn uzis la vivinto, kaj estas preskaŭ sensence daŭrigi la enketon. Sed nun estas eksciite ke tiuj ĝarteroj estis plistreĉitaj per la malantaŭenmeto de agrafo, precize sammaniere en kiu Marnjo mem plistreĉis siajn ĝarterojn ne longe antaŭ sia foriro el la hejmo. Dubi nun estas frenezo aŭ hipokrito. Kion *La Stelo* diras rilate al tiu malplilongigo de la ĝarteroj kaj ties malkutimeco, tio elmontras nenion propor insista emeco daŭrige erari. La elasta karaktero de la agrafgartero estas memdemonstrado pri la *malkutimeco* de la mallongigo. Kio estas fabrikita por sin alĝustigi, tio bezonas devige, sed malofte, fremdamanan alĝustigon. Devige estis pro la ago de la hazardo, en la plej preciza signifo de la vorto, ke tiuj ĝarteroj de Marnjo bezonis la priskribitan streĉadon. Nur tio sufiĉintus abunde por certigi ŝian identecon. Sed ne temas pri la ekscio ke la kadavro havis la ĝarterojn de la mankanta fraŭlino, aŭ ŝiajn ŝuojn, aŭ ŝian kufon, aŭ la florojn de ŝia kufo, aŭ ŝiajn piedojn, aŭ malkutiman markon sur la brako, aŭ ŝiajn ĝeneralajn grandecon kaj aspekton—temas pri tio ke la kadavro havis ĉiun, kaj *ĉiujn kune*. Se estus pruveble ke la redaktoro de *La Stelo* sentis dubon efektive, sub la cirkonstancoj, ne bezonatus, en lia kazo, komisiono por *enketo pri frenezo*. Li juĝis ke sagace estus eĥadi la diraĵetojn de la advokatoj kiuj, plejparte, sin kontentigas por eĥado de la ortangulaj preceptoj de la tribunaloj. Plaĉus al mi konstati ĉi tie ke konsistigas la plej bonajn indikaĵojn por la inteleko grandega parto da tio kion la tribunaloj malagnoskas kiel indikaĵojn. Car la tribunalo, gvidate de la ĝeneralaj principoj de atestaĵoj—la agnoskataj kaj *registritaj* principoj— malkonsentas flankenturniĝi pri apartaj okazoj. Kaj tiu konstanta lojaleco al principoj, kun rigida malagnosko pri la kontraŭstaranta escepto, estas certa rimedo por kiu akiri la *maksimumon* da atingebla vero en iu ajn longa tempodaŭro. La procedo, *ĝeneralregule,* estas tial filozofia. Tamen estas ne malpli certe ke ĝi estigas multegajn apartajn erarojn.

"Rilate al la subsugestoj direktitaj al Bovejo, vi bonvolos elmensigi ilin en la tempodaŭro de unu spiro. Vi jam ekkomprenis la veran karakteron de ĉi tiu bona sinjoro. Li estas *klaĉemulo* havanta multe da romaneco kaj malmulte da intelekto. lu ajn havanta tian karakteron kondutos facile tiamaniere, kiam okazas *aŭtenta* ekscitiĝo, ke li sin suspektigas ĉe la supersensivaj aŭ la malbonvolaj. S-ro Bovejo (laŭ la sugestoj de viaj notoj) partoprenis en personaj intervjuoj kun la redaktoro de *La Stelo,* kaj lin ofendis hipotezinte ke la kadavro, malgraŭ la teorio de la redaktoro, estas, verfaktege, tiu de Marnjo. 'Li persistas,' diras la ĵurnalo, 'en siaj asertoj ke la kadavro estas tiu de Marnjo, sed malkapablas citi cirkanstancon, preter tiuj kiujn ni jam prikomentis, povantan kredigi aliajn.' Nu, sen realudi la fakton ke pli fortajn indikaĵojn 'povantajn kredigi aliajn' oni *neniam* scipovintus prezenti, ni rajtas komenti ke unua homo povas tre facile kredi ion, en tiuspeca kazo, sen scipovi proponi ununuran kialon kapablan kredigi duan homon. Nenio estas pli malcerta ol sentoj pri aparta identeco. Ĉiu homo rekonas sian najbaron, tamen estas malmultaj okazoj en kiuj iu ajn pretas *sciigi la kialon* de tiu rekono. La redaktoro de *La Stelo* nepre malrajtis ofendiĝi pro la senkiala kredo de S-ro Bovejo.

"La suspektindaj cirkonstancoj lin ampleksantaj respondas pli bone, estos sciate, al mia hipotezo pri *romaneca klaĉemuleco* ol al la supozo de kulpo proponita de la rezonanto. Konsentinte pri la pli bonkora interpretado, ni ekkomprenos senĝene la rozon en la ŝlosiltruo; la vorton 'Marnjo' sur la tabelo; la 'perkubuta forŝovo de la virparencoj;' la 'malbonvolo permesi ilin ekvidi la kadavron;' la averto anoncita al S-rino B. ke ŝi partoprenu en nenia konversacio kun la ĝendarmo antaŭ lia reveno (tiu de Bovejo); kaj finfine, lia verŝajna decido 'ke neniu krom li mem partoprenu en la procedoj.' Ŝajnas al mi senduba fakto ke Bovejo estis amkandidato de Marnjo; ke ŝi koketis kun li; kaj ke li ambiciis kredigi al la mondo ke li ĝuis ŝiajn plej profundajn intimecon kaj fidon. Mi diros nenion pluan rilate al tiu temo; kaj, ĉar la indikaĵoj nepre malpruvas la aserton de *La Stelo* koncerne la temon de *apatio* flanke de la patrino kaj ceteraj parencoj—apatio malrespondanta al la supozo ke ili kredis la kadavron tiu de la parfiimvendistino— ni antaŭeniros nun kvazaŭ la mistero de *identeco* estus solvita plenkontentige al ni."

"Kaj kion," mi demandis ĉi tie, "vi pensas pri la opinioj de *La Komercanto?*"

"Ke, spirite, ili meritas pli da atento ol iuj ajn aliaj proponitaj pri la temo. La konkludoj el la premisoj estas filozofiaj kaj akramensaj; sed la premisoj, en almenaŭ du kazoj, fondiĝas sur malperfekta observado. *La Komercanto* deziras sugesti ke kaptis Marnjon ne malproksime de la dompordo de ŝia patrino aro da malnoblaj kanajloj. 'Maleblas,' ĝi emfazas, 'ke persono tiel bone konata al miloj da homoj kiel tiu juna virino, povintus laŭpasi tri domblokojn sen esti vidata de iu.' Jen estas la koncepto de viro longe enloĝinta Parizon—publika viro—viro kies piedpromenadoj tien kaj reen en la urbo okazis ĉefparte proksime al la publikaj oficejoj. Li konscias ke nur malofte li mem laŭpasas pli ol dek du domblokojn preter sia oficejo sen esti rekonata kaj alparolata de iu. Kaj, sciante la amplekson de sia persona kono pri aliaj, kaj de la kono de tiuj aliaj pri si, li komparas sian famecon kun tiu de la parfumvendistino, konstatas nenian diferencon inter ili, kaj konkludas tuj ke ŝi, okaze de siaj piedpromenadoj, spertus rekonon egalan al la rekono kiun spertas li okaze de siaj piedpromenadoj. Tio povus esti la kazo nur se ŝiaj promenadoj havus la saman, konstantan, laŭmetodan karakteron kaj okazus ene de la sama *speco* de limigita areo kiel liaj. Li preterpasas, tien kaj reen, je konstantaj tempopunktoj, ene de limigita tereno abundanta je personoj emantaj kontroli lian agadon pro interesiĝo pri la simileco de lia kaj siaj profesioj. Sed la promenadojn de Marnjo, ĝenerale, ni rajtas supozi esti iom malsamcelaj. En la koncerna okazo, ni rajtas supozi ke ŝi promenis, plej probable, laŭ itinero tute alia ol tiuj kiun ŝi sekvis kutime. La paralelon kiun ni imagas esti ekzistinta en la menso de *La Komercanto* ni povus agnoski nur se la du personoj transiris la tutan urbon. En tiu kazo, supozante ke la du homoj havis la saman kvanton da personaj konatoj, estus ankaŭ egale verŝajne ke ili renkontus la saman kvanton da konatoj. Miaflanke, mi opinias ke ne nur eblis, sed estis eĉ ege probable, ke Marnjo povintus antaŭeniri, en iu ajn periodo, laŭ iu ajn el la multaj itineroj ekzistantaj inter ŝia domo kaj tiu de ŝia onklino, sen renkonti ununuran personon konatan de ŝi, aŭ ŝin konantan. Konsiderante tiun temon laŭ ties plena kaj taŭga lumo, ni devas reteni konstante en la menso la grandan malegalecon ekzistantan inter la personaj konatoj de eĉ la plej eminenta persono de Parizo, kaj la suma loĝantaro de Parizo mem.

"Sed kiu ajn potenco povas ankoraŭ sin sentigi en la

sugesto de *La Komercanto,* tiun potencon multe malpligrandigos nia atento pri *la horo* je kiu la knabino eksterdomiĝis. 'Estis kiam la stratoj estis plenaj je homoj,' diras *La Komercanto,* 'ke ŝi eksterdomiĝis.' Sed tio malpravas. La horo estis la naŭa de la mateno. Nu, je la naŭa de ĉiu mateno de la semajno, *escepte en dimanĉo,* la stratoj de la urbo, mi konsentas, estas plenegaj je homoj. Je la naŭa en dimanĉo, la loĝantaro estas plejparte ĉehejme, *sin pretigante por preĝeja vizito.* Neniu atenta observanto povas ne esti rimarkinta la aparte dezertan aspekton de la urbo inter ĉirkaŭ la oka kaj la deka de la mateno en ĉiu dimanĉo. Inter la deka kaj la dek unua la stratoj estas plenegaj sed ne tiaj plu frue je la koncerna horo.

"Estas cetera punkto pri kiu ŝajnas ekzisti manko de *observado* flanke de *La Komercanto.* 'Peco,' ĝi diras, 'de unu el la subjupoj de la kompatinda knabino, longa je du futoj kaj larĝa je unu futo, estis forŝirita kaj kunligita sub ŝia mentono, sendube por malhelpi ekkriojn. Faris tion uloj havantaj neniajn poŝtukojn.' Ĉu ĉi tiu opinio estas, jes aŭ ne, bone fundita, ni penados ekscii poste; sed dirante 'uloj havantaj neniajn poŝtukojn,' la redaktoro deziras aludi la plej malaltan klason da kanajloj. Tamen jen estas la priskribo mem de homoj ĉiam sukcesantaj havi poŝtukojn eĉ kiam ili estas senĉemizaj. Certe vi konstatis je iu aŭ alia momento kiom nepre nemalhavebla, en lastatempaj jaroj, por la perfecta kanajlo, estiĝis la poŝtuko."

"Kaj kion ni opiniu," mi demandis, 'pri la artikolo en *La Suno?*"

"Estas ege domaĝe ke ties aŭtoro ne naskiĝis papago—en kiu kazo li estintus la plej eminenta papago de sia raso. Li nur ripetis la apartajn erojn de la jam publikigita opiniaro; elektinte ilin, kun laŭdinda energio, el tiu kaj alia ĵurnaloj. 'La aĵoj *verŝajne* estis tie,' li diras, 'jam, almenaŭ, de tri-kvar semajnoj kaj estas *nenia dubo* ke malkovriĝis la okazintejo de tiu konsternanta abomenaĵo.' La faktoj ĉi-tie cititaj de *La Suno* malsukcesas forigi miajn personajn dubojn pri la temo, kaj ni kontrolos ilin ĉi-poste, de pli proksime, rilate alian fakon de la afero.

"En la nuna momento ni devas okupiĝi pri aliaj enketoj. Vi

konstatis certe la nepran sendisciplinon de la kontrolo pri la kadavro. Efektive, la problemo de identeco estis facile solvita, aŭ devintus esti facile solvita; sed restis ceteraj konstatendaj punktoj. Ĉu la korpon oni ajnmaniere *prirabis?* Ĉu la mortinto portis surkorpe ajnspecajn juvelaĵojn kiam ŝi forlasis la hejmon? Se jese, ĉu ŝi surportis ilin ankoraŭ kiam ŝi estis malkovrita? Tiuj estas gravaj demandoj kiujn la atestoj nepre preteratentas; kaj estas ceteraj egale gravaj demandoj restintaj sammaniere preteratentataj. Ni devas penadi nin kontentigi pere de personaj enketoj. La kazon de Sankta-Eŭstakio ni devas rekontroli. Mi ne suspektas tiun personon, sed ni devas antaŭeniri laŭmetode. Ni certigos preterdube la validecon de la *dispozicioj* rilatantaj lian kieon en la koncerna dimanĉo. Tiuspecaj dispozicioj fariĝas facile rimedoj de perpleksigo. Tamen, se nenio misas ĉi tie, ni forigos Sankta-Eŭstakion el niaj enketoj. Lia memmortigo, kiom ajn ĝi fortigos niajn suspektojn, se ni renkontus trompaĵojn en la depozicioj, estas, se mankas tiaj trompaĵoj, neniamaniere malklarigebla cirkonstanco, aŭ cirkonstanco nin deviganta deiri de sur la vojo de ordinara analizo.

"En la procedo kiun mi proponas nun, ni flanklasos la internajn punktojn de ĉi tiu tragedio kaj direktos nian atenton sur ties eksterlimaĵojn. Ne la plej malkutima eraro, en tiaj enketoj, estas limigi la enketon al la ĉefaj eventoj kaj entute preteratenti la akcesorajn aŭ cirkonstancajn eventojn. Estas la misa kutimo de la tribunaloj limigi atestojn kaj diskutadon al la areno de verŝajna rilateco. Tamen spertado elmontras, kaj aŭtenta filozofio elmontros ĉiam, ke vasta parto, eble la plej vasta parto de la vero, naskiĝas el ŝajna nerilateco. Estas pere de la spirito de ĉi tiu principo, se ne precize pere de ties letero, ke la moderna scienco elektis *antaŭvidi la ne antaŭvideblan.* Sed eble vi ne komprenas min. La historio de la homa scio elmontras tiel seninterrompe ke al akcesoraj aŭ flankaj aŭ hazardaj eventoj ni ŝuldas la plej multajn kaj la plej valorajn malkovraĵojn, ke finfine eknecesis, kun la celo de plibonigo, cedi ne nur permeson, sed la plej grandan permeson, al eltrovaĵoj estiĝintaj tute hazarde kaj tute preter la limoj de kutima

67

antaŭatendo. Ne plu taksiĝas filozofia la elekto bazi sur la pasintecon vizion pri la estonteco. *Akcidenton* oni agnoskas esti parto de la substrukturo. Ni faras el la hazardo rimedon de nepra kalkulado. Ni trudas al la neatendita kaj la neimagita la matematikan *formulojn* de la lernejoj.

"Mi ripetas ke estas ne pli ol fakto ke la *pli granda* parto de la tutaĵo de la vero ekfontis el la akcesora; kaj estas nur en akordo kun la spirito de la principo ampleksata en tiu fakto ke mi kuraĝus devojigi la enketon, en la aktuala kazo, disde la tretita kaj ĝis nun senfrukta tereno de la evento mem, al la samtempaj cirkonstancoj ĝin ĉirkaŭantaj. Dum vi kontrolos la validon de la depozicioj, mi kontrolos la ĵurnalojn pli ĝenerale ol vi faris ĝis nun. Gis nun, ni kontrolis nur la kampon de la enketo; sed estos efektive strange se ĉionampleksa esplorado, tia kian mi proponas, ne nin provizos per kelkaj etetaj punktoj kiuj sciigos *direkton* por sekvi."

Responde al la sugesto de Dupino, mi kontrolis zorgege la aferon de la depozicioj. La rezulto konvinkis min neprege pri ilia valido kaj la sekvinta senkulpeco de Sankta-Eŭstakio. Dume, mia amiko sin okupigis, kun etdetaleco ŝajnanta al mi tute sencela, pri skrutinio pri la diversaj ĵurnalaj arkivoj. Je la fino de la semajno li metis antaŭ mi la sekvontajn eltiraĵojn:

"Antaŭ ĉirkaŭ tri jaroj kaj duono, ĝenon ege similan al la
nuna kaŭzis la malapero de tiu sama Marnjo Roĝeto, el la
parfumvendejo de S-ro LeBlanko, en Reĝa Palaco. Je la
fino de semajno, tamen, ŝi reaperis ĉe sia kutima
vendotablo, en tiel bona sano kiel iam, escepte ke ŝi estis
iom pli pala ol kutime. S-ro LeBlanko kaj ŝia patrino
sciigis ke ŝi nur faris viziton ĉe amikino loĝanta en la
kamparo; kaj rapide oni silentigis la aferon. Ni supozas ke
la nuna malapero estas strangaĵo de la sama speco kaj ke,
je la fino de la semajno, aŭ eble de la monato, ŝi estos
denove inter ni." *Vespera Ĵurnalo, lundon, la 23an de
junio.*"

"Vespera ĵurnalo de hieraŭ aludas antaŭan misteran

68

malaperon de Fraŭlino Roĝeto. Estas bone sciate ke, dum la semajno de sia foresto de la *parfumvendejo* de LeBlanko, ŝi estis en la kompanio de juna mararmea oficiro, bone konata pro liaj diboĉadoj. Kverelo, ni povas supozi, providence hejmenrevenigis ŝin. Ni konas la nomon de la koncerna Lotario kiu, aktuale, okupas postenon en Parizo, sed, pro evidentaj kialoj, ni malkonsentas ĝin publikigi." *La Merkurio, mardomatenon, la 24an de junio.*

"Fiaĵaĉo de la plej abomena speco efektiviĝis proksime al ĉi tiu urbo antaŭhieraŭ. Sinjoro, kun siaj edzino kaj filino, dungis, iom je krepusko, la servojn de ses junaj viroj, kiuj remadis sencele en boato, tien kaj rien, proksime al la bordoj de Sejno-Rivero, por lin irigi trans la riveron. Atinginte la kontraŭan bordon, la tri pasaĝeroj elpaŝis kaj antaŭeniris sufiĉan distancon por malaperi el la vidkampo de la boato, kiam la filino konsciis esti postlasinta en ĝi sian sunombrelon. Ŝi revenis por rehavi ĝin, estis kaptita de la junularo, portita en la mezon de la akvejo, buŝoŝtopita, abomene traktita, kaj finfine revenigita al la bordo ne malproksime de la loko kie pli frue ŝi eniris la boaton kun siaj gepatroj. La kanajloj eskapis sed la police spuras ilin kaj baldaŭ kaptos kelkajn el ili." *Matena Ĵurnalo, la 25an de junio.*

"Ni ricevis unu-du komunikaĵojn kies celo estas kulpigi Menejson pri tiu lastatempa krimabomenaĵo: sed ĉar tiu sinjoro estis entute senkulpigita per laŭleĝa enketo, kaj ĉar la argumentoj de niaj pluraj korespondintoj ŝajnas pli energiaj ol profundaj, ni opinias ke estas malsaĝe ilin publikigi." *Matena Ĵurnalo, la 28an de junio.*

"Ni ricevis plurajn perforte skribitajn komunikaĵojn, verŝajne el diversaj fontoj, kaj kiuj multe helpas certigi la eblon ke la kompatinda Marnjo Roĝeto fariĝis viktimo de unu el la multnombraj kanajlaroj infestantaj la ĉirkaŭejojn de la urbo en dimanĉoj. Nia persona opinio subtenas forte tiun supozon. Ni entreprenos liberigi spacon por kelkaj el tiuj argumentoj ĉi-poste." *Vespera Jurnalo, la 31an de junio.*

"En lundo, unu el la barĝistoj dungitaj de la imposta servo vidis senhoman boaton en flosado la ŭ Sejno. Veloj kuŝis en la fundo de la boato. La barĝisto ĝin remorkis ĝis la barĝoficejo. La sekvintan matenon oni forigis ĝin de tie sen la scio de iu ajn el la oficiroj. La rudro troviĝas nun ĉe la barĝoficejo." *La Diligenco, jaŭdon, la 26an dejunio.*

Kiam mi legis tiun diversajn eltiraĵojn, ne nur ili ŝajnis senrilataj al mi, sed mi konstatis nenian rimedon per kiu iun ajn el ili oni scipovus meti en rilaton kun la koncerna afero. Mi atendis klarigon flanke de Dupino.

"Ne estas mia nuna celo," li diris, *pritrakti* la unuan kaj la duan el tiuj eltiraĵoj. Mi kopiis ilin ĉefe por elmontri al vi la nepran malzorgon de la polico, kiu, tiom kiom mi komprenas flanke de la Prefekto, en nenia ajn maniero entreprenis pridemandi la aluditan mararmean oficiron. Tamen estas nepre malsaĝe diri ke inter la unua kaj la dua malaperoj de Marnjo, estas nenia *supozebla* rilato. Ni agnosku ke la unua forkuro rezultigis kverelon inter la geamantoj kaj la hejmenrevenon de la perfidita. Ni estas pretaj konsideri nun ke la dua *forkuro* (se ni *scias* ke denove okazis forkuro) indikas la renovigon de la amindumaĵoj de la perfidinto, anstataŭ la rezulto de novaj amindumaĵoj fare de dua amkandidato—ni pretas taksi ĝin 'restarigo' de la malnova *amrilato,* anstataŭ komenco de nova. La ŝancoj estas dek kontraŭ unu ke tiu jam antaŭe forkurinta kun Marnjo denove proponus forkuron anstataŭ ke al ŝi, al kiu proponoj de forkuro estis faritaj de unua persono, proponus forkuron dua persono. Kaj ĉi tie mi atentigu al vi tion ke la tempo forpasinta inter la unua konstatita kaj la dua supozita forkuroj, estas pli longa je kelkaj monatoj ol la ĝenerala tempodaŭro de la krozadoj de niaj militistoj. Cu interrompis la unuan abomenaĵon de la amanto la bezono foriri maren, kaj ĉu li elprofitis la unuan momenton de sia terenreveno por renovigi la fiajn celojn ne ankoraŭ entute atingitajn—aŭ ne ankoraŭ entute atingitajn *de li*? Pri ĉiuj tiaĵoj ni scias nenion.

"Vi diros, tamen, ke en la dua kazo, okazis *nenia* forkuro tia kia supozita. Efektive ne—sed ĉu ni pretas diri ke ne estis blokita plano forkuri? Krom Sankta-Eŭstakio, kaj eble Bovejo, ni havas informojn pri neniaj agnoskitaj, publikaj, honestacelaj amkandidatoj de Marnjo. Pri alia estas dirata nenio. Kiu, tial, estas la sekreta amanto, pri kiu la parencoj *(almenaŭ laplejparto el tiuj)* nenion scias, sed kun kiu Marnjo rendevuas en la mateno de dimanĉo kaj kiun ŝi fidas tiom profunde ke ŝi ne hezitas resti kun li ĝis falas la ombroj de la vespero, meze de la solecaj arbaretoj de Stumpo-Barilo? Kiu estas tiu sekreta amanto, mi demandas, pri kiu, almenaŭ, la *plejparto* el la parencoj nenion sciis? Kaj kion signifas tiu malkutima profetaĵo de S-rino Roĝeto en la mateno de la foriro de Marnjo?—'Mi timas neniam plu revidi Marnjon.'

"Sed se ni malkapablas imagi ke S-rino Roĝeto estis informita pri la intenco forkuri, ĉu ni ne rajtas almenaŭ supozi ke la knabino havis tian intencon? Kiam ŝi forlasis la hejmon, ŝi anoncis sian intencon viziti sian onklinon en Trabo-Strato kaj ŝi petis ke Sankta-Eŭstakio renkonti ŝin tie je la vesperfalo. Nu kiam ni konsideras tiun fakton, unuavide ĝi forte malsubtenas mian sugeston—sed ni primeditu. Ke ŝi *jes ja* renkontis iun kamaradon kaj transiris la riveron kun li, atinginte Stumpo-Barilon je tiel malfrua horo kiel la tria de la posttagmezo, tion ni scias. Sed konsentinte akompani tiun personon *(por kiu ajn celo—konata aŭ nekonata de la patrino)* devige ŝi antaŭpripensis tiun anoncitan celon kiam ŝi forlasis la hejmon kaj antaŭpripensis la surprizon kaj suspekton estigotajn en la koro de ŝia rekonata fianĉino, Sankta-Eŭstakio, kiam, aperonte por renkonti ŝin, je la antaŭelektita horo en Trabo-Strato, li ekscios ke ŝi ne alvenis tien, kaj kiam, krome, revenonte al la pensiono kun tiu timiganta informaĵo, li konscios pri ŝia daŭra foresto de la domo. Devige ŝi antaŭpripensis tiujn temojn, mi diras. Devige ŝi antaŭkonsciis la ĉagrenon de Sankta-Eŭstakio, la suspekton de ĉiuj. Ŝi ne kuraĝintus hejmenreveni por alfronti tiun suspekton; sed la suspekto estiĝas puntko de eteta graveco por ŝi se ni supozas ke ŝi *ne* intencis hejmenreveni.

"Ni rajtas imagi ke ŝi opiniis tiumaniere: 'Mi iras renkonti personon kun la celo forkuri, aŭ kun aliaj celoj kiujn nur mi scias. Necesas ke ne povu okazi interrompo—necesas al ni sufiĉe da tempo por eskapi postsekvadon—mi sciigos planon viziti mian onklinon en Trabo-Strato kaj pasigi la tagon ĉe ŝi— mi diros al Sankta-Eŭstakio ke li ne venu renkonti min antaŭ la vesperfalo—en tiu maniero, mia foresto de la hejmo dum la laŭeble plej longa periodo havos kialon kaj mi havigos al mi pli da tempo ol en iu ajn alia maniero. Se mi petas ke Sankta-Eŭstakio alvenu renkonti min je vesperfalo, certe li ne alvenos antaŭ tiu horo; sed se mi proponos nenian horon je kiu li alvenu, mi disponos malpli da tempo por eskapi, ĉar oni atendos ke mi revenu pli frue kaj mia malesto estigos anksiecon pli frue. Nu, se mia celo estus *verfakte* reveni—se mi nur celis ĝui piedpromenadon kun la koncerna persono—ne estus mia politiko peti Sankta-Eŭstakion alveni; ĉar, alveninte, li ekscius *senmanke* ke mi lin trompis—fakto kiun mi sukcesus kaŝi al li eble por ĉiam se mi forlasus la hejmon sen anonci al li mian intencon, hejmenrevenus antaŭ la vesperfalo, kaj nur tiam anoncus ke mi vizitis mian onklinon en Trabo-Strato. Sed, pro tio ke estas mia celo *neniam* hejmenreveni—aŭ ne antaŭ kelkaj semajnoj—aŭ ne antaŭ ol mi sukcesos efektivigi kelkajn kaŝadojn—la gajnado de tempo estas la sola punkto pri kiu mi bezonas okupiĝi."

"Vi konstatis, en viaj notoj, ke la plej ĝenerala opinio rilate al ĉi tiu malfeliĉa afero estas, kaj estis ekde la komenco, ke la knabino fariĝis la viktimo de bando da kanajloj. Nu, la popularan opinion, sub kelkaj kondiĉoj, ni malrajtas malatenti. Kiam ĝi fontas senhelpe—kiam ĝi manifestiĝas en precize spontanea maniero—ni taksu ĝin analoga al tiu *intuicio* kiu estas la idiosinkrazio de la aparta homo de genio. En naŭdek naŭ kazoj el cent mi konsentus pri ties decido. Sed gravas ke ni malkovru neniajn spurojn de *sugesto*. Necesas ke la opinio estu rigore *tiu de la publiko mem,* kaj ofte estas malfacilege percepti kaj bonteni tiun distingon. En la nuna situacio, ŝajnas al mi ke

72

tiun 'publikan opinion' rilate al *kanajlaro,* ege influis la akcesora evento rakontita en la tria el miaj eltiraĵoj. La tuta Parizo ekscitiĝas pro la malkovrita kadavro de Marnjo, juna, bela kaj fifama knabino. La kadavro malkovriĝas, surportante markojn de perforto, flosante sur la rivero. Sed nun estas eksciigate ke, en la sama periodo, aŭ preskaŭ en la sama periodo, kiam oni supozas ke la knabino estis murdita, abomenaĵo simila al tiu spertita de la forpasinto, kvankam malpli sovaĝa, efektiviĝis, fare de junaj kanajloj, sur la persono de dua juna virino. Ĉu ni rajtas miri ke la unua konata abomenaĵo influu la popularan opinion pri la dua malkonata? Tiu opinio atendis direktadon kaj la konata abomenaĵo ŝajnis tiel bonhazarde liveri ĝin! Ankaŭ Marnjo malkovriĝis en la rivero; kaj sur tiu rivero mem fariĝis tiu konata abomenaĵo. La kunligo de la du eventoj estis tiel palpebla ke la vera mirindaĵo estintus la *malkapablo,* ĉe la publiko, ĝin konstati kaj alttaksi. Sed, efektive, la konata abomenaĵo estas, se nenio alia, indikaĵo ke la alia, efektivigite en samtempa periodo, efektiviĝis *malsammaniere.*

Estintus jes ja miraklo, se, dum unua kanajlaro efektivigis, en preciza loko, krimon preskaŭ neniam priaŭditan, estis alia simila kanajlaro, en simila loko, en la sama urbo, sub la samaj cirkonstancoj, kun la samaj rimedoj kaj iloj, kiu efektivigis krimon precize samspecan en precize la sama tempoperiodo! Tamen kion, se ne tiun mirindan sinsekvon da koincidoj, la hazarde *sugestita* opinio de la publiko nin invitas kredi?

"Antaŭ ol iri pli antaŭen, ni imagu la supozitan scenon de la murdo, en la vepro de Stumpo-Barilo. Tiu vepro, kvankam densa, lokiĝis proksime al publika vojo. Interne estis tri-kvar grandaj ŝtonoj kiuj formis specon de seĝo kun apogilo kaj piedtabureto. Sur la supra ŝtono malkovriĝis blanka subjupo; sur la dua, silka skarpo. Ankaŭ sunombrelo, gantoj kaj poŝtuko malkovriĝis ĉi tie. La poŝtuko surportis la nomon 'Marnjo Roĝeto.' Roberoj troviĝis sur la ĉirkaŭantaj branĉoj. La tero estis tretita, la arbustoj estis rompitaj, kaj ĉiu indikaĵo sugestis perfortan baraktadon.

"Malgraŭ la aprobego kun kiu la gazetaro ricevis la

73

informojn pri tiu malkovro, kaj la unuanimeco kun kiu ĝi supozis tion indiki la precizan farejon de la abomenaĵo, necesas agnoski ke estis kelkaj bonaj kialoj por dubado. Ke ĝi *jes ja* estis la sceno, mi rajtas kredi aŭ malkredi—sed estis bonegaj kialoj por dubado. Se la *vera* scenejo estintus, laŭ la sugesto de *La Komercdnto*, en la kvartalo de Sankta-Andreino-Ŝoseo, la farintoj de la krimo, se ni supozas ke ili loĝis ankoraŭ en Parizo, kompreneble estintus frapitaj de teruro pro la publika atento tiel precize direktita sur la ĝustan vojon; kaj, en kelkaj mensospecoj, naskiĝintus, tujege, sento pri la neceso penadi direkti aliloken tiun atenton. Kaj tial, ĉar oni jam suspektigis la densejon de Stumpo-Barilo, la planon demeti la objektojn tien kie ili malkovriĝis oni povintus nature koncepti. Estas neniaj veraj indikaĵoj, kvankam *La Suno* supozas male, ke la malkovritaj objektoj estis en la densejo pli ol ege malmultaj tagoj. Kontraŭe, estas multaj cirkonstancaj indikaĵoj ke tiuj ne povintus resti tie, sen sin atentigi, dum la dudek tagoj forpasintaj inter la fatala dimanĉo kaj la posttagmezo en kiu la knaboj ilin malkovris. 'Ciuj estis peze melduiĝintaj,' diras *La Suno*, adoptante la opinion de siaj antaŭirintoj, 'pro la ago de la pluvo, kaj kungluitaj pro *melduo*. La herbo kreskis ĉirkaŭ kaj sur kelkajn el ili. La silko de la sunombrelo estis forta, sed ties fadenoj estis kunfanditaj interne. La supraĵo, kie oni ĝin duobligis kaj faldis, estis entute *melduiĝinta* kaj putrinta kaj ĝi ekŝiriĝis kiam oni malfermis ĝin.' Rilate al tio ke la herbo 'kreskis ĉirkaŭ kaj sur kelkajn el ili,' estas klarŝajne ke elstariĝis tiu fakto nur responde al la vortoj, kaj tial al la memoraĵoj, de du malgrandaj knaboj, ĉar tiuj knaboj deprenis tiujn objektojn kaj hejmenrevenigis ilin antaŭ ol tria persono ilin vidis. Sed la herbo kapablas kreski, precipe dum varma kaj malseka vetero (tia kia okazis en la periodo de la murdo), tiom kiom du-tri colojn en ununura tago. Sunombrelon kuŝantan sur nove gazonigita grundo, kreskinta herbo povintus, en ununura semajno, entute malvidebligi. Kaj rilate al tiu *melduo*, pri kiu la redaktoro de *La Suno* tiel obstine insistas ke li utiligas la vorton tri fojojn en la mallonga eltiraĵo ĵus citita, ĉu efektive li malkonas la karakteron de tiu *melduo*? Ĉu ni diru al li ke ĝi

74

estas unu el multaj specioj de fungo kies plej elstaranta trajto estas ties naskiĝo kaj morto en dudek kvar horoj?

"Tial ni konscias, ekvide, ke tio kion oni triomfege anoncis kiel subtenon pri la ideo ke la objektoj estis 'dum almenaŭ tri-kvar semajnoj' en la densejo, havas nepre nenian valoron kiel atesto pri tiu fakto. Kontraŭflanke, estas malfacilege kredi ke tiuj objektoj povintus resti en la koncerna densejo dum periodo pli longa ol unu semajno—dum periodo pli longa ol tiu daŭrinta inter unua kaj dua dimanĉoj. Tiuj konantaj la ĉirkaŭejon de Parizo konscias kiom malfacile estas malkovri *izolejon,* escepte fordistance disde ties antaŭurboj. Tiajo kia malesplorita, aŭ eĉ malofte vizitata kaŝejo, meze de ties arbaretoj kaj bosketoj, tute malimageblas. Iu ajn havanta naturamantan koron sed katenata pro devo al la polvo kaj la varmo de ĉi tiu metropolego—iu ajn tiulo penadu, eĉ dum la laborsemajno, kontentigi sian soifon al soleco inter la scenoj de natura beleco tujege nin ĉirkaŭantaj. Je ĉiu dua paŝo, li konscios ke interrompas la kreskantan ĉarmon la voĉo kaj la persona sinentrudo de iu fiulo aŭ aro da diboĉantaj kanajloj. Li serĉos izolecon meze de la plej densa vepro tute malsukcese. Jen estas la anguletoj kie plej abundas la malpuraj—jen estas la temploj la plej malsanktigitaj. Kun malsana koro la vagpromenanto rehastos al la poluita Parizo kvazaŭ al malpli abomeninda ĉar malpli malkonsekvenca ŝoto da poluado. Sed se la ĉirkaŭejo de la urbo estas tiel sieĝita dum la labortagoj de la semajno, kiom pli sieĝita ĝi estas en dimanĉo! Estas precipe nun, liberigite de la postuloj de la laboro, aŭ senigite je la kutimaj oportunoj estigi krimojn, ke la urba kanajlo serĉas la najbarejojn de la urbo, ne pro amo al la kamparo, kiun en sia koro li abomenas, sed kiel rimedo eskapi de la limigoj kaj kutimoj de la socio. Li deziras malpli la freŝan aeron kaj la verdajn arbojn ol la nepran *liberecon* de la kamparo. Ĉi tie, ĉe apudvoja gastejo, aŭ sub la foliaro de la arboj, li permesas sin partopreni, bremsate nur per la rigardoj de siaj intimaj kunuloj, en la tuta sovaĝa troajo de artefarita ĝojaĉo—la kunigita idaro de libereco kaj rumo. Mi diras nur tion kio laŭnecese evidentiĝas al ĉiu senpasia spektanto kiam mi ripetas ke la fakton ke la koncernaj objektoj

75

restis malkovritaj dum periodo pli longa ol tiu ampleksata inter du sinsekvaj dimanĉoj, en *iu ajn* densejo de la proksima najbarejo de Parizo, ni konsideru kiel preskaŭ miraklon.

"Sed ne mankas ceteraj kialoj por suspekti ke la objektojn oni demetis en la densejon cele al devojigi interesiĝon disde la vera scenejo de la abomenaĵo. Kaj, unue, mi atentigu vin pri la *dato* de la malkovro de la objektoj. Komparu tiun kun la dato de la kvina eltiraĵo kiun mi mem faris el la ĵurnaloj. Vi konscios ke la malkovro postsekvis, preskaŭ tujege, la urĝajn komunikaĵojn senditajn al la vespera ĵurnalo. Tiuj komunikaĵoj, kvankam diversaj, kaj verŝajne devenintaj el diversaj fontoj, emfazis ĉiuj la saman punkton—t. e. la direkton de la atento al *kanajlaro* kiel farintoj de la abomenaĵoj kaj al la kvartalo de Trabo-Strato kiel ties scenejo. Nu ĉi tie ne temas pri tio ke, rezulte de tiuj komunikaĵoj aŭ pro la publika atento direktita de ili, la knaboj malkovris la objektojn. Temas anstataŭe pri la ebla aŭ eĉ probabla supozo ke la knaboj ne malkovris la objektojn *pli frue* pro tio mem ke la objektoj ne estis pli frue en la densejo, postlasite tie nur tiel malfrue kiel la dato, aŭ ne mallonge antaŭ la dato de la komunikaĵoj, fare de la kulpintaj aŭtoroj mem de tiuj komunikaĵoj.

"Tiu vepro estis eksterordinara—ege eksterordinara. ĉi estis malkutime densa. Interne de ties nature murigita enfermejo estis tri rimarkindegaj ŝtonoj, *formante seĝon kun apogilo kaj piedtabureto.* Kaj tiu vepro, tiel plena je natura arto, situis en la tuja najbarejo, *je distanco de nur malmultaj jardoj* de la loĝejo de S-rino DeLuko, kies filoj kutimis kontroli zorgege la najbarejajn densejojn serĉante la ŝelon de la sasafraso. Ĉu estus preterbonsence veti—veti mil kontraŭ unu—ke neniam forpasis *unuobla* tago super la kapoj de tiuj knaboj sen ke almenaŭ unu el ili malkovriĝis ennestigite en la ampleksega halo, entronigite sur ties natura trono? Tiuj hezitantaj antaŭ tiu veto neniam estis knaboj aŭ forgesis la knabecan karakteron. Mi ripetas—estas malfacilege kompreni kiel la objektoj povintus resti en tiu densejo sen esti malkovritaj dum periodo pli longa ol unu-du tagoj; kaj ke tial estas bona kialo por suspekti, malgraŭ la dogmema insistado de *La Suno,*

76

ke la objektoj estis demetitaj je iom malfrua dato en la loko kie ili estis malkovritaj.

"Sed estas ceteraj kaj pli fortaj kialoj ol iuj ajn jam prezentitaj de mi por opinii ke ili estis tiel demetitaj. Kaj, nun, mi petu vin priatenti la ege artefaritan aranĝon de la objektoj. Sur la *supra* ŝtono kuŝis blanka subjupo; sur la *dua,* skarpo; disĵetitaj estis sunombrelo, gantoj kaj poŝtuko surportanta la nomon 'Marnjo Roĝeto.' Jen estas aranĝo tia kian *nature* farintus ne tro inteligenta persono dezirinta aranĝi la objektojn *nature.* Sed ĝi nepre ne estas *vere* natura aranĝo. Mi atendintus anstataŭe vidi *ĉiujn* el la objektoj en disserniĝo sur la grundo kaj tretitajn subpiede. Ene de la mallarĝaj limoj de tiu laŭbo apenaŭ eblintus ke la subjupo kaj la skarpo restu en bela aranĝo sur la ŝtonoj kiam tute ĉirkaŭe multaj baraktantaj homoj frotpasis tien kaj reen. 'Estas indikaĵoj,' oni diras, 'pri baraktado; kaj la tero estis tretita, la arbustoj estis rompitaj,' sed la subjupon kaj la skarpon oni malkovris kvazaŭ deponitaj sur bretojn. 'La eroj de la robo elŝiritaj far la arbustoj estis larĝaj je ĉirkaŭ tri coloj kaj longaj je ĉirkaŭ ses coloj. Unu ero estis la orlo de la robo kaj ĝin oni jam flikis. Ili *aspektis kiel forŝiritaj strioj.'* Ci tie, senkonscie, *La Suno* utiligis ege suspektindan frazon. La eroj, kiel priskribite, efektive 'aspektas kiel forŝiritaj strioj;' sed intence kaj permane. Estas ege malofta hazardo ke ero 'forŝiriĝu' disde iu ajn vesto de la koncerna speco, pere de *dorno.* Pro la naturo mem de tiaj ŝtofoj, kiam dorno aŭ najlo implikiĝas en ili, ĝi disŝiras ilin ortangule—apartigas ilin en du laŭlongajn ŝiraĵojn, ortangulajn unu rilate al la alia, kaj kuniĝantajn ĉe la punkto kie la dorno eniras la ŝtofon—sed apenaŭ koncepteblas 'disŝirita ero.' Nek mi, nek vi, iam konis tiaĵon. Por disŝiri eron *foren* disde tia ŝtofo, bezonatas, en preskaŭ ĉiu kazo, du apartaj fortoj, agantaj en malsamaj direktoj. Se la ŝtofo havas du randojn—se, ekzemple, temas pri poŝtuko, kaj oni deziras forŝiri strion disde ĝi, tiam, kaj nur tiam, sufiĉos ununura forto. Sed en la nuna kazo temas pri robo havanta nur unu randon. Forŝiri eron el la internaĵo, kie mankas rando, oni povus sukcesi nur mirakle pere de dornoj, kaj nenia *ununura* dorno sufiĉus. Sed eĉ kiam estas rando, necesos du dornoj, el kiuj unu laboras en du apartaj direktoj kaj la alia en unu. Kaj tiaĵo eblus nur se la rando estus senorla. Se ĝi havus orlon, la entrepreno preskaŭ entute malfareblus. Tial ni vidas la multajn kaj grandajn malhelpojn al la teorio ke eroj estis 'forŝiritaj' per la simpla faro de 'dornoj;' tamen oni deziras kredigi al ni ke ne nur unu sed multaj eroj estis tiel forŝiritaj. 'Kaj unu parto,' krome, *'estis la orlo de la robo!'* Cetera ero estis *parto de la jupo, ne de la orlo,'* tio estas, estis entute forŝirita, per la faro de dornoj, el la senorla internaĵo de la robo! Homojn malkredantajn tiujn temojn oni rajtas pardoni. Tamen, kunkonsiderate, la temoj konsistigas malpli fortan kialon por suspekto ol la sola rimarkinda cirkonstanco ke la objektojn forlasis en la densejo iuj ajn *murdintoj* sentintaj sufiĉan antaŭzorgon por pripensi la forigon de la kadavro. Vi komprenintos min malĝuste tamen si vi supozas ke mia celo estas *fornegi* tiun veprejon kiel la scenejon de la abomenaĵo. Povintus okazi misfaro *ĉi tie,* aŭ pli eble, akcidento ĉe S-rino DeLuko. Sed, efektive, tio estas punkto de malmulta graveco. Ni ne okupiĝas pri klopodoj malkovri la scenon, sed identigi la farintojn de la murdo. Miajn konstataĵojn, malgraŭ la precizo kun kiu mi faris ilin, mi faris kun la celo, unue, elmontri la malsaĝecon de la positivaj kaj malprudentaj asertoj de *La Suno,* kaj due kaj ĉefe, konduki vin, laŭ la plej natura vojo, al cetera meditado pri la dubo ĉu ĉi tiu murdo estis, aŭ ne estis, faro de *kanajlaro.*

"Ni resumu tiun demandon nur aludante la naŭzigantajn detalojn anoncitajn de la kirurgo invervjuita okaze de la enketo. Necesas nur diri ke liajn publikigitajn *supozojn,* rilate al la kvanto da kanajloj, taŭge primokis ĉiuj respektindaj anatomoj de Parizo, taksinte ilin maljustaj kaj senbazaj. Ni ne diru ke la afero *ne povintus* okazi konforme al la anoncita supozo, sed mankis bazo por la supozo; ĉu ne estis bazo por alia?

"Ni nun meditu pri la 'spuroj de baraktado;' kaj mi demandu kion tiuj spuroj laŭsupoze indikis? Aron. Sed ĉu ili ne indikas male la mankon de aro? Kiu *barakto* povintus okazi— kiu barakto tiel perforta kaj persista ke ĝi postlasis siajn 'spurojn' en ĉiuj direktoj—inter malforta kaj sendefenda

78

knabino kaj la supozita *kanajlaro?* La silenta alkroĉo de kelkaj fortaj brakoj finfinintus ĉion. La viktimo restis, devige, nepre pasiva alfronte al ilia volo. Vi retenu ĉi tie en la menso tion ke la argumentoj prezentitaj kontraŭ la densejo kiel la murdoscenejo validas, grandaparte, nur kontraŭ ĝi kiel scenejo de abomenaĵo farita *de pli ol unu persono.* Se ni imagas ke temas pri nur unu misfarinto, ni povas koncepti, kaj nur tiel koncepti, ke barakto de tiel sovaĝa kaj obstina karaktero postlasis videblaj la 'spurojn.'

"Kaj denove mi jam menciis la suspekton estigotan per la fakto ke la koncernajn objektojn oni permesis resti *iel ajn* en la densejo kie ili estis malkovritaj. Sajnas preskaŭ maleble ke tiujn kulpoindikaĵojn oni lasis hazarde tie kie ili malkovriĝis. Estis sufiĉe da mensokapablo (ni supozu) por forigi la kadavron; tamen pli pozitivan ateston ol la kadavron mem (kies trajtoj povintus esti rapide forigitaj rezulte de putrado) oni permesas kuŝadi okulfrape ĉe la sceno de la abomenaĵo—mi aludas la poŝtukon surportantan la *nomon* de la mortinto. Se tio okazis hazarde, ne okazis pro hazardo de uro. Ni rajtas imagi tion nur hazardo de sola persono. Ni vidu. Aparta persono faris la murdon. Li estas sola kun la fantomo de la forpasinto. Konsternegas lin tio kio kuŝas senmove antaŭ li. La furiozo de lia pasio foriris kaj restas en lia koro sufiĉe da spaco por la natura miro kiun naskigas la faro. Mankas al li tiu memfido kiun estigas neeviteble la ĉeesto de kunuloj. Li estas *sola* kun la mortinto. Li tremas kaj konsterniĝas. Tamen restas la neceso forigi la kadavron. Li kunportas ĝin al la rivero, sed postlasas la ceterajn indikaĵojn de sia kulpo; ĉar estas malfacile, se ne maleble, kunporti la tutan ŝarĝon en la sama momento, kaj estos facile reveni alpreni la ceteraĵon. Sed dum lia laciga ekskurso al la akvo, reduobliĝas en li liaj timoj. Vivosonoj ĉirkaŭas lian vojon. Dekduon da fojoj li aŭdas aŭ imagas aŭdi la paŝon de spektanto. La lumoj de la urbo mem stuporigas lin. Tamen, post iom da tempo, kaj pere de longaj kaj oftaj paŭzoj de profunda doloro, li atingas la riverbordon kaj sin senigas je sia makabra ŝarĝo—eble helpe de boato. Sed *nun* kiun trezoron disponas la mondo—kiun minacon de venĝo ĝi povus proponi—

kiu havus sufiĉan potencon por konvinki tiun solecan murdinton reveni laŭ tiu laboriga kaj danĝerega vojeto al la densejo kaj ties sangoglaciigaj memoraĵoj? Li *ne* revenas, estu la konsekvencoj kiaj ili estu. Li ne *povus* reveni eĉ se li bonvolus. Lia ununura pensado estas tujega eskapo. Li turnas la dorson *ĝis ĉiam* al tiuj hororaj arbustoj kaj forflugas, kvazaŭ disde la alvenonta kolerego.

"Sed ni revenu al nia friponaro. Ilia homa kvanto provizigintus ilin per memfido, se, efektive, memfido iam ajn mankas en la brusto de la nepra kanajlo; kaj nur el la nepraj kanajloj la supozataj *aroj* ĉiam konsistas. Ilia homa kvanto, mi diras, malhelpintus la stuporigantan kaj sensencan teruron kiun, laŭ mia imago, paralizis la senkompanian viron. Ĉu ni supozu preteratenton flanke de unu, aŭ du, aŭ tri, el ili, ni ankaŭ supozu ke reĝustigintus tiun preteratenton la kvara. Ili postlasintus nenion, ĉar ilia homa kvanto ebligintus ilin forporti *ĉion* sammomente. Estintus nenia neceso *reveni*.

"Ni konsideru nun la cirkonstancon ke, kiam la kadavro malkovriĝis, en ties ekstera vestaĵo, 'strio, larĝa je ĉirkaŭ futo, estis suprenŝirita disde la malsupra orlo ĝis la talio, volvita trifoje ĉirkaŭ la talio, kaj fiksita dorsaflanke per speco de kroĉilo. Tio fariĝis kun la evidenta celo estigi *tenilon* per kiu porti la korpon. Sed ĉu iu ajn *aro* da viroj konceptintus utiligi tian rimedon? Por tri-kvar homoj, la membroj de la kadavro disponigintus ne nur sufiĉan sed eĉ la plej bonan tenilon. La kroĉaĵo estas eltrovaĵo de sola persono; kaj tio revenigas nin al la fakto ke 'inter la densejo kaj la rivero, la stangoj de la bariloj estis forigitaj kaj la tero vidigis spurojn indikantajn ke pezan ŝarĝon oni trenis laŭ ĝi!' Sed ĉu *aro* da homoj entreprenintus sennecese demunti barilon cele al tratreni kadavron kiun ili povintus translevi *super* ĝin en nura momento? Ĉu *aro* da homoj *trenintus* kadavron en iu ajn maniero povanta postlasi *spurojn* pri la trenado?

"Kaj ĉi tie ni devas konsideri konstataĵon de *La Komercanto*; konstataĵon pri kiu mi jam, iomagrade, komentis. 'Ero,' diras tiu ĵurnalo, 'de unu el la subjupoj de la malbonŝanca knabino estis forŝirita kaj kunligita sub ŝia mentono, kaj ĉirkaŭ la malantaŭo de ŝia kapo, sendube por malhelpi ekkriojn. Tion faris uloj havantaj neniajn poŝtukojn..'

"Mi jam sugestis ke al aŭtenta kanajlo neniam *mankas* poŝtuko. Sed ne estas tiu fakto kiun mi aludas precipe nun. Ne estis pro manko de poŝtuko, por la celo imagita de *La Komercanto,* ke oni utiligis tiun vestaĵstrion. Klarŝajnigas tion la poŝtuko postlasita en la densejo. Cetere, la vestaĵstrion oni ne utiligis por 'malhelpi ekkriojn.' Tion evidentigas la fakto ke oni utiligis la strion anstataŭ io pli taŭga al tia celo. Sed la lingvaĵo de la indikaĵaro diras ke la koncerna strio 'troviĝis ĉirkaŭ la kolo, kuŝante tie malstreĉe, kaj sekurigite per solida nodo.' Ĉi tiuj vortoj estas iom malklaraj, sed ege malsimilas tiujn de *la Komercanto.* La striaĵo estis larĝa je dek ok coloj, kaj, tial, kvankam farite el muslino, konsistigintus fortan bendon se oni faldintus aŭ ĉifintus lin laŭlonge. Kaj tiel ĉifita oni malkovris ĝin. Mia indukto estas la jena. La solahoma murdinto, transportinte la kadavron dum kelke da distanco, (ĉu el la densejo ĉu el alia loko), pere de la tenilo *alkroĉita* ĉirkaŭ ties talio, eltrovis la pezon, en tiu speco de farado, tro granda por sia forto. Li decidiĝis treni la ŝarĝon—la indikaĵoj klarŝajnigas ke ĝi estis *ja* trenita. Alfronte al tiu celo, eknecesis alfiksi ion kiel ŝnuron al unu el la korpomembroj. La plej bona alfiksejo estus ĉirkaŭ la kolo, kie la kapo malhelpus ĝin forfali. Kaj, nun, la murdinto ekmemoris, sendube, la bendon ĉirkaŭ la koksoj. Li utiligintus tion, krom ke ĝi estis ja volvita ĉirkaŭ la korpo kaj havis ĝenantan *alkroĉaĵon* kaj ne estis 'forŝirita' el la vestaĵo. Estis pli facile forŝiri novan striaĵon el la subjupo. Li forŝiris ĝin, alfiksis ĝin ĉirkaŭ la kolon, kaj tiel *trenis* sian viktimon al la bordo de la rivero. La fakto ke tiu 'bendaĵo', havebla nur post ĝeno kaj prokrasto, kaj nur malperfekte taŭgante al sia celo—la fakto ke tiu bendaĵo estis utiligita *iel ajn*—indikas ke la bezono ĝin utiligi ekfontis el cirkonstancoj naskiĝintaj en periodo kiam la poŝtuko ne plu haveblis—tio estas, naskiĝintaj, kiel ni imagis tion, nur post la foriro el la densejo (se temas pri la densejo) kaj survoje inter la densejo kaj la rivero.

"Sed la atesto de S-rino DeLuko, vi diros, (!) sugestas precipe la ĉeeston de *aro,* proksime al la densejo, en aŭ ĉirkaŭ la periodo de la murdo. Tion mi prikonsentas. Mi suspektas ke estis *dek duo* da aroj, tiaj kiajn priskribis S-rino DeLuko, en aŭ proksime al la ĉirkaŭejo de Stumpo-Barilo en aŭ ĉirkaŭ la periodo de tiu tragedio. Sed la aro kiu altiris al si la akran koleron, kvankam la iom malfruan kaj ege suspektindan ateston de S-rino DeLuko, estas la *sola* aro pri kiu tiu honesta kaj skrupula maljunulino diris ke ties anoj manĝis ŝiajn kukojn kaj trinkis ŝian brandon sen bonvoli pagi al ŝi la vendoprezon. *Et hinc illae irael [Kaĵ tial, ĉu tiu kolero?* La Tradukisto.]

"Sed kio *estas* la preciza atesto de S-rino DeLuko? 'Aro da friponoj aperis, kondutis bruege, manĝis kaj trinkis sen pagi, sekvis la irvojon de la juna viro kaj la knabino, revenis al la gastejo je *ĉirkaŭ la krepuska horo,* kaj retransiris la riveron kvazaŭ havante grandan haston.'

"Nu tiu 'granda hasto,' povas esti, ŝajnis *pli granda* hasto laŭ la vidpunkto de S-rino DeLuko, ĉar daŭrige ŝi pripensis lante kaj malfeliĉe siajn ŝtelprenitajn kukojn kaj brandon—kukojn kaj brandon interŝanĝe de kiuj ŝi povintus ankoraŭ esperi ricevi rekompencon. Kial, alie, ĉar estis *ĉirkaŭ la krepuska horo,* ŝi elektis emfazi la haston? Ne estas kialo por miri, certe, ke eĉ aro da friponoj *hastas* hejmenreveni kiam ili devas transiri larĝan riveron en malgrandaj boatoj, kiam ŝtormo minacas kaj la nokto *proksimiĝas.*

"Mi diras *proksimiĝas,* ĉar la nokto *ne ankoraŭ alvenis.* Estis nur *ĉirkaŭ la krepuska horo* kiam la maldeca hasto de tiuj 'misfarintoj' ofendis la sobran rigardon de S-rino DeLuko. Sed oni diras al ni ke estis en tiu sama vespero ke S-rino DeLuko, same kiel ŝia plej aĝa filo, 'aŭdis la ekkriojn de virino en la proksimejo de la gastejo.' Kaj kiujn vortojn utiligas S-rino DeLuko por nomi la periodon de la vespero dum kiu aŭdiĝis la koncernaj ekkrioj? 'Estis *baldaŭ post la malheliĝo,* ŝi diras. Sed 'baldaŭ post la malheliĝo,' estas, almenaŭ, *malhela;* kaj *'ĉirkaŭ la krepuska horo'* estas certe taghela. Tial abunde evidentiĝas ke la aro forlasis Stumpo-Barilon *antaŭ* la ekkrioj subaŭditaj (?) de S-rino DeLuko. Kaj kvankam, en ĉiuj el la multaj raportoj pri la indikaĵoj, la koncernaj rilataj aludoj utiligatas precize kaj senŝanĝe same kiel mi utiligis ilin en la nuna konversacio kun vi, ĝis nun neniel konstatis ĉi tiun gravan eraron iu ajn el la publikaj ĵurnaloj nek iu ajn el la mirmodonoj de la polico.

"Mi aldonu nur unu al la argumentoj kontraŭ *aro;* sed tiu *unu* havas, almenaŭ laŭ mia kompreno, pezon nepre nerezisteblan. Sub la cirkonstancoj de proponita granda monrekompenco, kaj plena pardono interŝanĝe de reĝaj atestoj, oni malrajtas imagi, eĉ unu momenton, ke iu ano de *aro* da krudaj kanajloj, aŭ da iu ajn viraro, jam delonge ne perfidintus siajn kunagintojn. Ĉiu ano de tia aro, en tiaj cirkonstancoj, ne deziras tiom multe ekhavi monrekompencon aŭ eskapi kiom li *timas perfldon.* Li perfidas avide kaj frue por ke *lin mem oni ne perfidu.* Tio ke la sekreton oni ne malkaŝis estas la plej bona pruvo ke temas, efektive, pri sekreto. La hororojn de ĉi tiu faro konas nur *unu,* aŭ du, vivantaj homoj, kaj Dio.

Ni sumigu nun la malmultajn, tamen certajn fruktojn de nia longa analizo. Ni atingis la koncepton aŭ de pereiga akcidento sub la tegmento de S-rino Deluko aŭ de murdo estigita, en la densejo ĉe Stumpo-Barilo, fare de amanto, aŭ almcnaŭ, dc intima kaj sekreta kunulo de la mortinto. Tiu kunulo havas malhelan haŭtkoloron. Tiu haŭtkoloro, la 'kroĉaĵo' en la bendo, kaj la 'marista nodo,' per kiu la kufrubando estas ligita, sugestas mariston. Lia amikeco kun la mortinto, gaja, sed ne mizera juna knabino, indikas ke li havas rangon super tiu de la ordinara maristo. Tiurilate la bone skribitaj kaj urĝaj komunikaĵoj al la ĵurnaloj multe helpas konfirmi. La cirkonstancoj de la unua forkuro, tia kian mencias *La Merkuro,* emas kunfandi la koncepton pri tiu maristo kun tiu pri la 'mararmea oficiro' unue kondukinta la kompatindulinon, laŭ nia scio, sur krimvojon.

"Kaj ĉi tie, plej taŭge, estiĝas la konsidero pri la daŭra malĉeesto de la malhelhaŭtulo. Mi paŭzu por rimarki ke la haŭtkoloro de tiu viro estas malhela kaj nigreta. Ne estis ordinara malheleco kiu konsistigis la *solan* detalon kiun memoris kaj Valenco kaj S-rino DeLuko. Sed kial tiu viro forestas? Ĉu la aro lin murdis? Se jes, kial restas spuroj nur pri la murdita *knabino?* La scenon de la du abomenaĵoj oni rajtas supozi komprenebla unusama. Kaj kie estas lia kadavro? La

83

murdintoj forigintus ambaŭ, plej probable, sammaniere. Sed oni rajtas ankaŭ supozi ke tiu viro vivas ankoraŭ kaj malbonvolas sin identigi, timante ke oni lin akuzos pri la murdo. Tiun konsideron oni rajtus supozi havi aktivan influon ĉe li nun—en ĉi tiu malfrua periodo—ĉar laŭateste li estis vidita en la kompanio de Marnjo—sed en la periodo de la krimo la konsidero estintus seninflua. La unua impulso de senkulpa viro estintus anonci la abomenaĵon kaj helpi identigi la kanajlojn. Tion sugestintus *politiko*. Li estis vidita kun la knabino. Li transiris la riveron kun ŝi en malfermita pramo. Denunci la murdintojn ŝajnintus, eĉ al idioto, la plej sekura kaj sola rimedo sen senigi je suspekto. Ni ne rajtas supozi lin, en la nokto de la fatala dimanĉo, esti samtempe senkulpa kaj senscia pri la farita abomenaĵo. Tamen nur sub tiaj cirkonstancoj eblas imagi ke li malbonvolintus, se en vivo, denunci la murdintojn.

"Kaj kiujn rimedojn ni disponas, por atingi la veron? Ni vidos tiun rimedojn plimultiĝi kaj plipreciziĝi dum nia antaŭenirado. Ni sondu ĝisfunde la aferon de la unua forkuro. Ni eksciu la plenan historian de 'la oficiro,' liajn nunajn cirkonstancojn kaj lian kiecon en la preciza periodo de la murdo. Ni komparu zorge ĉiun kun la aliaj la diversajn komunikaĵojn senditajn al la vespera ĵurnalo kaj kies celo estis kulpigi aron. Farinte tion, ni komparu tiujn komunikaĵojn, kaj pri stilo kaj pri manuskripto, kun tiuj senditaj al la matena ĵurnalo, en antaŭa periodo, kaj insistantaj tiel urĝe pri la kulpo de Meneso. Kaj, farinte ĉion tion, denove ni komparu tiujn diversajn komunikaĵojn kun la konataj manuskriptoj de la oficiro. Ni penadu ekcertigu, pere de daŭraj pridemandoj ĉe S-rino DeLuko kaj ŝiaj filoj, kaj cetere ĉe la omnibuskondukisto, Valenco, iom pli pri la personaj aspekto kaj konduto de la 'viro havanta malhelan haŭtkoloron.' Demandoj, lerte starigite, ne povos ne eksciigi, flanke de kelkaj el tiuj personoj, informaĵojn pri la koncerna punkto (aŭ pri aliaj)—informaĵojn kiujn la personoj mem malkonscias pridisponi. Kaj nun ni spuru la *boaton* alprenitan de la barĝistoj en la mateno de lundo, la dudek tria de junio, kaj kiu estis forprenita de la barĝoficejo, sen la scio de la respondeca funkciulo, kaj *sen la rudro*, en iu periodo antaŭ la

84

malkovro de la kadavro. Kun taŭgaj antaŭzorgo kaj persistado ni spuros neerarive tiun boaton: ĉar ne nur scipovis identigi ĝin la barĝisto ĝin alpreninta, sed aldone *la rudro haveblas*. La rudron de *velboato* ne forlasintus, sen enketo, homo tute trankvilkora. Kaj ĉi tie mi paŭzu por entrudi demandon. Ne estis *anonco* pri la alpreno de tiu boato. Oni transportis ĝin silente al la barĝoficejo kaj egale silente ĝin forportis. Sed ĝia proprietulo aŭ utiliginto—kiel *bonŝancis li*, en tiel frua periodo de la mateno de mardo, ekscii, sen la helpo de anonco, la situejon de la boato alprenita en lundo, escepte se ni imagu ian rilaton kun la *mararmeo*—ian personan konstantan rilaton estigantan sciadon pri ties plej etaj aferoj—ties malgravaj lokalaj novaĵoj?

"Parolinte pri la soleca murdinto kiu trenis sian ŝarĝon ĝis la bordo, mi jam sugestis la eblon ke li havigis al si *boaton*. Nun oni informas nin ke Marnjo Roĝeto *ja* estis forĵetita el boato. Tio estintus laŭnature la kazo. Oni malkuraĝintus konfidi la kadavron al la malprofundaj akvoj de la bordo. La strangaj markoj sur la dorso kaj la ŝultroj de la viktimo priparolas la malsuprajn ripojn de boato. Ke la malkovrita korpo estis sen pezilo ankaŭ konfirmas la koncepton. Se oni ĝin forĵetintus ekde la bordo, oni alfiksintus pezilon. Ni sukcesas ekspliki ĝian maleston nur supozante ke la murdinto preteratentis la antaŭzorgon sin provizi per tiaĵo antaŭ ol debordiĝi. Okaze de la enakvigo de la kadavro, sendube li ekkonsciintus pri sia preteratento; sed en tiu momento li disponintus nenian rimedon. Li preferintus alfronti iun ajn riskon ol alreveni tiun malbenitan bordon. Sin seniginte je sia makabra ŝarĝo, la murdinto hastintus al la urbo. Tie, ĉe iu malkonata varfo, li saltintus sur la teron. Sed la boaton—ĉu li ĝin sekurigintus? Li sentintus tro grandan haston por tiaj taskoj kia sekurigi boaton. Cetere, ĝin kunligante al la varfo, li opiniintus starigi ateston kontraŭ si. Lia natura ekpenso estintus forĵeti disde si, laŭeble plej malproksimen, ĉion havantan rilaton kun lia krimo. Ne nur li fuĝintus de la varfo, sed li ne permesintus postresti *la boaton*. Certege li ĵetintus ĝin en drivadon. Ni daŭrigu niajn imagadojn.—En la mateno, la mizerulon ektrafas nedirebla hororo kiam li ekscias ke la boaton oni alprenis kaj retenis ĉe loko kiun li kutimas viziti ĉiutage—ĉe loko kiun, eble, lia labordevo postulas ke li vizitu. La sekvintan nokton, *sen kuraĝi peti la rudron*, li ĝin forigas. Nun *kie* estas tiu senrudra boato? Ekscii tion estu unu el niaj unuaj celoj. Okaze de nia unua vido de ĝi, komenciĝos la aŭroro de nia sukceso. Tiu boato kondukos nin, kun rapideco kiu surprizos nin mem, al tiu kiu utiligis ĝin en la noktomezo de la fatala dimanĉo. Konfirmo elstariĝos post konfirmo kaj la murdinto estos spurita.

[Pro kialoj kiun ni ne specifos, sed kiuj ŝajnos al multaj legantoj memklaraj, ni elektis nin permesi ĉi tie flankenlasi, el la manuskripto transdonita en niajn manojn, tiun porcion kiu havigas detalojn pri la *postkontrolado* de la verŝajne malgranda indikaĵo akirita de Dupino. Ni juĝas ke nur konsilindas deklari, malmultvorte, ke efektiviĝis la dezirita rezulto, kaj ke la Prefekto plenumis ĝustahore, kvankam kontraŭvole, la kondiĉojn de la interkonsento kun la Kavaliro.La artikolo de Sinjoro Poo finiĝas per la sekvontaj vortoj.—*La Redaktoroj* La ĵus cititan redaktoran alineon verkis la aŭtoro mem. Temas pri cetera fikcia rimedo de Edgardo Alano Poo.

Estu komprenite ke mi parolas pri koincidoj *kaj nenio plua*. Sufiĉu tio kion mi diris supre pri tiu temo. En mia aparta koro loĝas nenia kredo je preternaturaĵoj. Ke Naturo kaj Dio estas du, tion negos nenia pensanta homo. Ke la dua, kreinte la unuan, povas, laŭvole, ĝin reĝi aŭ ŝanĝi, ankaŭ malkontesteblas. Mi diras "laŭvole," ĉar temas pri volo kaj ne, kiel supozis la mensa malsano de la logiko, pri potenco. Ne estas ĉar Dio *malkapablas* ŝanĝi siajn leĝojn sed ĉar ni lin insultas imagante eblan bezonon de ŝanĝo. Okaze de sia origino, tiuj leĝoj konceptiĝis por ampleksi *ĉiujn* eventualajojn *povontajn* enesti la Estontecon. Ce Dio ĉio estas *Nuneco*.

Mi ripetas, tial, ke mi parolas pri tiuj temoj nur kiel pri koincidoj. Kaj cetere, en tio kion mi rakontas oni konscios ke, inter la sorto de la malfeliĉa Marnjo Cecilino Roĝerzo, tiom kiom ni konas tiun sorton, kaj la sorto de Marnjo Roĝeto, ĝis iu etapo de ŝia historio, ekzistas paralelo kies mirinda simileco faligas en embarason la kontemplantan rezonadon. Mi diras ke ĉion tion oni konscios. Sed oni ne supozu ununuran momenton ke, entrepreninte sekvi la malfeliĉan rakonton de Marnjo ekde la epoko ĵus menciita kaj spuri ĝis ties *elnodiĝo* la misteron ŝin vualintan, estas mia sekreta celo proponi plilongigi la paralelon, aŭ eĉ sugesti ke la rimedoj utiligitaj en Parizo por malkovri la murdinton de vendistino, aŭ rimedoj bazitaj sur iu ajn simila rezonadprocedo, efektivigus similan rezulton.

Ĉar, rilate al la lasta fako de tia supozo, oni konsideru ke la plej eta malsameco en la faktoj de la du kazoj povus estigi la plej gravajn miskonkludojn, nepre devojigante la du sinsekvojn da eventoj; ege same kiel, en aritmetiko, eraro estanta, aparte konsiderate, malgrava, havigas, finfine, pere de multiplikado ĉe ĉiuj punktoj de la procedo, rezulton ege en malakordo kun la vero. Kaj, rilate al la antaŭa fako, ni ne forgesu konsideri ke la stokastiko mem kiun mi aludis, malpermesas ĉiun plilongigon de la paralelo:—ĝin malpermesas kun pozitiveco tiom forta kaj definitiva kiom tiu paralelo jam estis longa kaj preciza. Jen unu el tiuj anomaliaj propozicioj kiuj, kvankam allogante pensadon tute malmatematikan, restas tamen unu kiun nur la matematikisto scipovas konsideri plenmense. Nenio estas pli malfacila, ekzemple, ol konvinki nur ĝeneralan leganton ke, tio ke vetludanto jam ĵetis sesojn du sinsekvajn fojojn estas sufiĉa kialo por vetludi grandajn monsumojn ke la ludanto ne ĵetos sesojn je la tria fojo. Tiucelan sugeston la intelekto kutime malagnoskas tujege. Maleblas, ŝajne, ke la du jam efektivigitaj ĵetaĵoj, kiuj situas nun nepre en la Pasinteco, povos influi ĵetaĵon ekzistontan nur en la Estonteco. La ŝanco ĵeti sesojn restas nepre tia kia ĝi jam estis en iu ajn ordinara momento—tio estas, kondiĉo de la influo de la diversaj ceteraj ĵetaĵoj kiujn la ĵetkuboj kapablas estigi.

Kaj tio estas konkludo kiu ŝajnas tiel nepre memklara ke klopodojn ĝin kontraŭstari oni agnoskas plej ofte kun primoka rideto ol kun iu ajn speco de respektema atento. La eraron pri kiu temas ĉi tie—aĉan eraron promesantan malutilon—mi ne scipovas malkaŝi ene de la limoj pri kiuj mi nun disponas; kaj por la filozofia menso ne necesas ĝin malkaŝi. Sufiĉu diri ĉi tie ke ĝi konsistigas unu el senfina sinsekvo da eraroj kiuj naskiĝas sur la vojo de la Rezonado rezulte de ŝia emo serĉi la veron *pere de detaloj.*

LA BARELO DA AMONTILADO

La mil malhelpojn de Fortunato mi toleris tiel bone kiel eblis. Sed kiam li entreprenis min insulti, mi ĵuris okazigi venĝon. Vi, kiuj konas de proksime la kvaliton de mia animo, ne hipotezu tamen ke mi eksplicitparole envortigis minacon. Venĝon mi sukcesigus jes ja *finrezulte*. Jen nepre elektita celo. Tamen forigis ĉiun eblon de risko la nepro mem per kiu mi efektivigis tiun elekton. Mi devus ne nur puni sed puni sen min punigi reciproke. Misfaro senpuniĝas kiam puno atingas ankaŭ la puninton. Ĝi egale senpuniĝas kiam la venĝinto ne sukcesas sin identigi kiel venĝinton al la misfarinto.

Oni komprenu ke nek parole nek age mi dubigis Fortunaton pri mia bonvolo. Mi daŭre ridetis antaŭ li, laŭ mia kutimo, sen lin konsciigi ke tiun rideton *nun* okazigis mia celo lin oferbuĉi.

Li havis debilecon [malfortecon], tiu Fortunato, kvankam alirilate li estis respektinda kaj eĉ timinda viro. Li fieregis pri sia kono pri vinoj. Malmultaj Italoj disponas pri aŭtenta virtuozeco. Plejparte sian entuziasmon ili ekvigligas laŭhore kaj laŭokaze, celante ektrompi Britajn kaj Aŭstriajn *milionulojn*. Teme pri pentraĵoj kaj gemŝtonoj, samc kiel siaj samlandanoj, Fortunato estis ĉarlatano. Teme pri malnovaj vinoj tamen li estis sincera. Tiurilate mi ne diferencis gravdetale disde li. Ankaŭ mi lertis pri Italaj vinoj kaj aĉetis tiel ofte kiel eblis.

Jam preskaŭ estiĝis la krepusko kiam, unu vesperon dum la intensega frenezo de la karnavala sezono, mi renkontis mian amikon. Li salutis min kun troigita varmo, jam trinkinte multe. La viro vestiĝis tre heterogene. Surkorpe li portis plurstrian strik-tajon dum surkape sidis konusĉapo kun sonoriletoj. Tiom ĝojigis min lin renkonti ke mi opiniis neniam povi finpremi lian manon.

Mi diris al li: "Mia kara Fortunato, kia bonŝanca renkontiĝo! Kiel bonsanan aspekton vi elmontras hodiaŭ! Nu, mi akiris sesdekgaljonan barelon da io identigita kiel Amontilado-vino. Tamen mi malcertas pri ĝi."

"Kion?" li diris. "Ĉu Amontilado-vinon? Ĉu sesdekgaljonan barelon? Ne eblas! Kaj mezkarnavale!"

"Mi malcertas pri la afero," mi respondis. "Mi vere stultiĝis pagante la suman Amontilado-prezon sen peti vian opinion. Mi ne sukcesis vin malkovri kaj timis perdi la okazon bonaĉeti.

"Amontilado-vino!"

"Mi spertas dubojn."

"Amontilado-vino!"

"Kaj tiujn mi devas kontentigi."

"Amontilado-vino!"

"Pro tio ke vi okupiĝas, mi jam survojas renkonti Lukezon. Se iu havas distingo-kapablon, estas li. Li diros al mi..."

"Lukezo ne scipovas distingi Amontilado-vinon disde Ŝereon."

"Tamen kelkaj malsaĝuloj asertas kia lia gustumo egalas vian."

"Venu, ni foriru."

"Kien?"

"Al viaj keloj."

"Ne, amiko mia. Mi ne konsentas trudi mian volon al via bona karaktero. Mi konscias ke vi havas rendevuon. Lukezo..."

"Nenian rendevuon mi havas.   Venu!"

"Mia amiko, ne. Ne temas pri rendevuo sed pri la malvarmumo kiun mi konscias ke vi spertas. Miaj keloj netolereble humidas. Salpetro ilin inkrustas."

"Tamen ni iru. Mia malvarmumo ne gravas. Amontilado-vino! Oni fiekspluatas vin. Kaj rilate al Lukezo li ne scipovas distingi Ŝereon disde Amontilado."

Parolante tiel, Fortunato primastris mian brakon. Surmetinte nigran, silkan maskon, volvinte mian korpon en ĝisgenua mantelo, mi lasis lin min hastigi ĝis mia palaco.

Neniaj servistoj deĵoris tie. Ĉiuj forŝteliĝis por festigi la sezonon. Mi jam diris al ili ke mi ne hejmenrevenos antaŭ la mateno kaj postulis rigoravorte ke ili ne forlasu la domon. La postulo sufiĉis, mi bone antaŭkonsciis, por certigi ilian tujan foriron, kune kaj entute, ekde kiam mi forturniĝos.

Mi eligis el iliaj surmuraj ingoj du kandeltorĉojn kaj, transdoninte unu al Fortunato, lin kondukis tra pluraj ĉambraroj ĝis la arkopasejo tra kiu oni eniras la kelojn. Malsuprenirante laŭ longa spirala ŝtuparo, mi petis ke li sin gardu min postvenante. Ni atingis finfine la fundon de la malsuprenirejo kaj kune ekstaris sur la humida grundo de Montrezoro-familiaj katakomboj.

La paŝritmo de mia amiko malkonstantis kaj la sonoriletoj de lia ĉapo bruetis dum li antaŭeniris.

"Ĉu pri la barelo?" li diris.

"Ĉi estas pli fora," mi respondis. "Tamen observu la blankan plektafaron kiu brilas sur tiuj-ĉi kavernmuroj."

Li turniĝis miaflanken, enrigardis miajn okulojn tra du nebulecaj globaĵoj distilantaj ebriiĝmukon.

"Ĉu salpetro?" ii demandis post ioma tempo.

"Salpetro," mi respondis.   "Ekde kiam vi tusegas tiamaniere?"

"Uĥ, uĥ, uĥ! Uĥ, uĥ, uĥ! Uĥ, uĥ, uĥ! Uĥ, uĥ, uĥ!"

Dum multaj minutoj mia kompatinda amiko ne sukcesis respondi.

"Sengravaĵo estas!" li diris finfine.

"Venu!" mi diris decideme. "Ni revenu. Via sano estas altvalora. Vi estas riĉa, respektata, admirata, amata, same kiel antaŭe estis mi. Vi estas viro kies maleston oni prikonscios. Nia entreprenaĵo ne gravas. Ni revenu. Se ne, vi ekmalsaniĝos kaj mi ne deziras respondeci pri tio. Krome, restas Lukezo..."

"Sufiĉas!" li diris. "Mia tusado estas sengravaĵeto. Ĝi min ne senvivigos. Mi ne mortos pro tusado."

"Prave, prave," mi respondis. "Kaj verfakte mi neniel celis senkaŭze vin maltrankviligi. Tamen vi devus profitigi al vi ĉiun konvenan antaŭzorgon. Ĉerpo da ĉi-tiu Medoko-vino nin protektos kontraŭ la humideco."

Tiam mi malfermis botelon kiun mi eltiris de sur une longa vico da surrake kun-kuŝantaj vinujoj.

"Trinku!" mi diris, transdonante al li la vinon.

Li lipenlevis ĝin kun vizaĝaĉo. Li paŭzis kaj kapjesis miadirekten dum tintadis liaj sonoriletoj.

"Mi trinkas," li diris, "honore al la ĉirkaŭ ni ripozantaj enterigitoj."

"Kaj mi honore al via longa vivo."

Denove li ektenis mian brakon kaj ni daŭre antaŭeniris.

"Tiuj-ĉi keloj vastas," II diris.

"La Montrezoraro," mi respondis," estis granda kaj multhoma familio."

"Mi forgesis vian blazonkreton."

"Temas pri grandega orkolora hompiedo sur blua kampo. La piedo premrompas rampantan serpenton kies dentegoj enfiksiĝas en la kalkano."

"Kaj la devizo estas kio?"

" *Nemo me impune lacessit,* aŭ <u>Neniu min senpune atakas.</u>"

"Bonege!" li diris.

La vino scintilis en liaj okuloj kaj la sonoriletoj tintis. Mian propran imagkapablon varmigis la Medoko. Ni jam trapasis murojn da amasigitaj ostoj, apartigitaj fare de bareloj kaj kuvegoj, kaj eniris la plej internajn alkovojn de la katakomboj. Mi paŭzis denove kaj ĉi-foje ekkuraĝis mankapti superkubute brakon de Fortunato.

"La salpetro!" mi diris. "Vidu kiom ĝi plimultiĝas. Ĝi pendas de sur la volboj kiel musko. Ni situas sub la riverfluejo. Akvogutoj fluetas inter la ostoj. Venu, ni retiriĝu antaŭ ol malestiĝos la eblo. Via tusado..."

"Nenio estas," li diris. "Ni daŭre antaŭeniru. Tamen unu denovan ĉerpeton da Medoko-vino mi petas."

Mi malfermis kaj liveris al li flakonon da De-Cravo-vino. Li malplenigis ĝin inter du spiroj. Sovaĝa lumo flagrigis liajn okulojn. Li ridegis kaj suprenĵetis la botelon per gesto kiun mi ne komprenis.

Surprizite mi lin rigardis. Li refaris la saman groteskan signon.

"Ĉu vi ne komprenas?" li diris.
"Ne mi," mi respondis.
"Tial vi ne aliĝas al la frataro."
"Kiel?"
"Vi ne aliĝas al Framasonaro."
"Jes, jes," mi diris. "Jes, jes."
"Ĉu vi? Ne eblas! Ĉu Framasono?"
"Framasono," mi respondis.
"Vidigu signon," li diris.
"Jen signo," mi respondis kaj eligis trulon de sub la faldoj de mia mantelo.

"Vi ŝercas!" li ekkriis, retiriĝante kelkajn paŝojn. "Sed ni antaŭeniru cele al la Amontilado."

"Tiel estu," mi diris, remetante la ilon sub la mantelon kaj denove disponigante al li mian brakon. Li sin apogis peze sur ĝin. Ni daŭrigis nian iradon serĉe de la Amontilado. Ni subiris aron da malaltaj arkoj, malsupreniris, kaj, novan fojon malsuprenirante, alvenis profundan kripton kies fetora aero reduktis en debilan bruletadon la antaŭan flamadon de niaj torĉoj.

Ĉe la plej fora ekstremafo de la kripto ekevidentiĝis cetera malpli vasta. Tegis ties murojn homaj restintaĵoj envicigitaj ĝis la superkapaj volboj same kiel vidiĝas en la grandaj katakomboj de Parizo. Tri flankoj de ĉi-tiu interna kripto ankoraŭ ornamiĝis en la koncerna maniero. De kontraŭ la kvaran muron oni jam malsuprenĵetis la ostojn kiuj nun kuŝis dismalĉaste sur la grundo, estiginte ĉe unu punkto iom grandan tumulon. Ene de la muro tiel malkaŝita per la dismeto de la ostoj ni ekvidis ankoraŭ pli internan kaveton, profundan je ĉirkaŭ kvar piedoj, larĝan je tri piedoj, kaj ses-sep piedojn altan. Laŭŝajne ĝi konstruiĝis sen aparta celo en si, nur formante la intervalon inter du gigantaj pilieroj subtenantaj la katakomban tegmenton. Ties fundon konsistigis unu el la solidgranitaj ĉefmuroj ĉirkaŭirantaj la ejon.

Sensukcese Fortunato, suprenlevante sian debilaluman torĉon, entreprenis enrigardi la profundon de la kavaĵo. Ties finlimon la malhela lumo ne ebligis al ni ekvidi.

"Daŭrigu," mi diris.　　 "Ĉi-ene troviĝas la Amontilado. Rilate al Lukezo..."

"Li estas sensciulaĉo," interrompis mia amiko dum li antaŭenpasis iom ŝanceliĝante kaj mi lin sekvis ĉekalkane. Post nura momento li atingis la limon de la niĉo kaj, konsciinte ke la roko haltigis daŭran progreson, ekstaris stulte mistifikite. Post plua momento mi lin katenis al la granito. Alfiksitaj en ties surfaco estis du feraj vink-tegoj, aranĝite horizontale je ĉirkaŭ du piedoj unu disde la alia. Ekde unu el tiuj pendis mallonga ĉeno, pendseruro ekde la alia. Ĵetante la ĉenerojn ĉirkaŭ lian talion, mi bezonis nur sekundojn por ilin kunkupli. Li tro miregis por rezisti. Eltirinte la ŝlosilon, mi retiriĝis unu-du paŝojn el la niĉo.

"Cirkaŭirigu la manon," mi diris "sur la mursurfacon. Vi ne povos ne senti la sal-petron. Ĝi estas jes ja *ege* humida. Lastan fojon mi *petegu* ke vi revenu. Ĉu vi malkonsentas? Tial mi nepre devas vin forlasi. Sed unue mi helpu vin per ĉiuj etaj rimedoj pri kiuj mi disponas."

"La Amontilado-vino!" ekkriis mia amiko, ankoraŭ ne renormaliĝinte post sia mirego. "Prave," mi respondis. "La Amontilado-vino."

Dum mi tiel diris mi aktiviĝis en la amaso da ostoj kiujn mi antaŭe menciis. Ilin flankenĵetante, mi baldaŭ malkovris provizon da konstruŝtonoj kaj mortero. Helpe de tiuj materialoj kaj mia trulo, mi komencis energie enmurigi la niĉoenirejon.

Mi apenaŭ kuŝigis la unuan masonaĵvicon kiam mi konsciis ke nun grandaparte disipiĝis la ebriiĝo de Fortunato. La plej frua indico kiun mi sentis pri tio estis mallaŭta ĝemado eliranta la fundon de la alkovo. Ĝi *ne* estis la ĝemado de ebriiĝinto. Okazis tiam longa kaj obstina silento. Mi kuŝigis la duan vicon, la trian, la kvaran. Tiam mi aŭdis la furiozan vibradon de la ĉeno. La bruo daŭris plurajn sekundojn dum kiuj, por ĝin aŭskulti kun pli granda kontentiĝo, mi ĉesis labori kaj sidiĝis inter la ostoj. Kiam post ioma tempo finaŭdiĝis la tintegado, mi reenmanigis la trulon kaj kuŝigis seninterrompe la kvinan, sesan kaj sepan vicojn. Nun la muro atingis preskaŭ la nivelon de mia brusto. Novan fojon mi paŭzis kaj, levante la torĉojn super la masonaĵon, direktis kelkajn malhelajn lumradiojn sur la internan formon.

Sinsekvo da laŭtaj kaj stridaj kriegoj, eksplodinte subite el la gorĝo de la katenito, ŝajnis forpeli min malantaŭen. Dum mallonga momento mi hezitis, tremis. Elingiginte mian rapiron, helpe de ĝi mi komencis esplorpalpadi la niĉan enaĵon. Tamen subita pensado min trankviligis. Mi metis la manon sur la solidan konstrumaterialon de la katakomboj kaj sentis kontentiĝon. Ree mi alproksimiĝis la muron. Mi respondis kriante al la alvokoj de la kriinto. Tiujn mi eĥis, subtenis, superis, kaj pri laŭto, kaj pri forto. Tiel mi agis kaj la brueginto silentiĝis.

Nun estis noktomezo kaj mia tasko preskaŭ atingis sian celon. Mi finkuŝigis la okan, naŭan kaj dekan vicojn. Mi jam finis eron de la dekunua; la lasta. Restis ununura ŝtono ensidigota kaj gipsota. Mi luktis kontraŭ ĝia pezo. Mi duone envicigis ĝin en ĝia eventuala sidloko. Sed nun el la niĉo ekaŭdiĝis mallaŭta ridaĉo kiu ekstarigis la hararon de mia kapo. Postsekvis ĝin malfeliĉa voĉo kiun mi apenaŭ rekonis kiel tiun de Fortunato. La voĉo diris:

"Ĥo, ĥo, ĥo! Ĥe, ĥe! Tre bona ŝerco verfakte! Bonega blago! Ni multridos pri ĝi, kaj plenkore, ĉe la palaco. Ĥo, ĥo, fto! Pri nia vino! Ĥe, ĥe, ĥe!"

"La Amontilado," mi diris.

"Ĥo, ĥo, ĥo! Ĥe, ĥe, ĥe! Jes, la Amontilado. Sed ĉu la horo ne malfruas? Ĉu ne atendos nin ĉe la palaco Lordino Fortunato kaj la ceteraj? Ni survojiĝu!"

"Jes," mi diris. "Ni survojiĝu!"

" Pro amo al Dio, Montrezoro!'

95

"Jes," mi diris.   "Pro amo al Dio."

Sed al tiuj vortoj miaj oreloj vane atendis respondon.   Mi malpacienciĝis. Mi alvokis.

"Fortunato!"

Nenia respondo.   Denove mi alvokis.

"Fortunato!"

Ankoraŭ sen respondo. Mi enigis torĉon tra la restinta malfermaĵo kaj ĝin lasis enfali. Respondis nur sonorileta tintado. Mia koro malsaniĝis: pro la humideco de la katakomboj. Mi hastis finplenumi mian laboron. Mi premigis la lastan ŝtonon en ĝian sidejon. Mi fingipsis ĝin. Kontraŭ la novan masonaĵon mi remuntis la antaŭan osto-remparon. Jam ekde duonjarcento ĝenas tiun nenia homo. *In pace requiescat!*

LA DENUNCEMA KORO

Prave! Nervoza.. Terure nervozega mi estis kaj restas. Sed kial vi tiel *insiste* diras ke mi estas freneza? La malsano pliakrigis miajn sentojn — ne ilin detruis, ne ilin defektis. Preter ĉio, akra estis mia aŭdkapablo. Mi aŭdis ĉion ĉielan kaj teran. Mi aŭdis multon inferan. Tial, kiel mi povas esti freneza? Aŭskultu! Kaj konsciu kiel sane, kiel trankvile mi kapablas rakonti al vi la tutan aferon.

Ne eblas diri kiel ekeniris mian cerbon la ideo. Jam konceptite tamen, ĝi min hantadis tagon kaj nokton. Pri nenia celo temis. Pri nenia pasio temis. Mi amis la maljunulon. Li neniam mistraktis min. Li neniam ofendis min. Mi sentis nenian deziron pri lia oro. Mi opinias ke temis pri lia okulo! Jes, jen estis la kialo! Unu el liaj okuloj similis vulturokulon. Malbluhela ĝi estis kaj nebuleca tegaĵo ĝin kovris. Kiam ĝi ekrigardis min, mia sango malvarmiĝis. Tial, gradon post grado, iom post iom, mi decidiĝis senvivigi la maljunulon kaj min liberigi tiamaniere ĝisĉiameterne disde la okulo.

Nu, la afero jenas. Vi juĝas min freneza. Frenezuloj nenion scias. Sed *min* vi devintus vidi. Vi devintus observi kiel zorgeme, kiel komploteme, kiel trompeme mi entreprenis la taskon! Neniam mi agadis pli afable en miaj rilatoj kun la maljunulo ol dum la tuta semajno antaŭ kiam mi lin mortigis. Kaj ĉiun nokton ĉirkaŭ noktomezo mi turnis la klinkon de lia pordo kaj tiun malfermis--ho, kiel delikattuŝe! Tiam, post kiam mi estigis malfermaĵon sufiĉe grandan por lasi eniri mian kapon, mi enigis malhelan lanternon, entute fermitan, fermitan, cele al reteni iun ajn lumbrilon. Tiam mi enigis la kapon.

Ho, vi ridintus vidinte kiel ruze mi ĝin enŝovetis. Mi antaŭenigis ĝin malrapide--ege, ege malrapide--por ne maltrankviligi la dormadon de la maljunulo. Mi pasigis plenan horon enigante la kapon tra la malfermaĵo sufiĉan distancon por povi lin ekvidi kuŝantan surlite. Ho! Ĉu

97

senbonsenculo povintus esti tiel bonsenca? Tiam kiam mia kapo enestis la ĉambron bonan distancon, mi malfermis la lanternon--ho, kiel zorgeme! — zorgeme (ĉar grincetis ties ĉarniroj). Ĝin mi malfermis nur sufiĉagrade por faligi sur la vulturokulon ununuran maldikan lumradion.

Kaj tiel mi agis dum sep longaj noktoj--ĉiun fojon precizhore je noktomezo. Ĉiam tamen la okulo restis en fermiĝo. Tial ne eblis al mi finefektivigi la taskon ĉar ĝenegis min ne la maljunulo mem sed lia Malbona Okulo. Kaj ĉiun matenon, kiam leviĝis la tago, mi eniris aŭdace la ĉambron kaj parolis kuraĝe al li, fortatone lin salutante laŭnome kaj demandante kiel li pasigis la nokton. Tial vi konsciu ke li estintus efektive tre sagaca maljunulo supozunte ke ĉiun nokton, precize je la dek dua, mi lin vizitis dum lia dormado.

En la oka nokto mi estis preterkutime zorgema malfermante la pordon. Horloĝa minutmontrilo antaŭeniras pli rapide ol moviĝis mia mano. Neniam antaŭ tiu nokto mi *sentis* la amplekson de miaj propraj kapabloj, de mia saĝeco. Mi apenaŭ sukcesis reteni miajn venkosentojn. Vi konsciu! Jen mi estis, malfermante la pordon, iom post iom, dum li nepre ne suspektis miajn sekretajn agojn nek pensadojn. Mi ege subridis pri la koncepto kaj eblas ke li min aŭdis: li moviĝis subite surlito, kvazaŭ ekkonsternite. Nu, vi rajtas supozi ke mi retiriĝis — tamen ne! Lia ĉambro estis peĉe nigra pro densa malhelo (la ŝutroj estis streĉe fermitaj, kiel antaŭzorgo pri ŝtelistoj). Tial mi konsciis ke li ne povas vidi la malfermadon de la pordo kaj mi daŭre ĝin enŝovis, konstanta-, konstantaritme.

Mi jam enigis la kapon kaj estis malfermonta la lanternon kiam mia dikfingro misglitis laŭ la stana fermilo. La maljunulo eksidiĝis sur la lito, ekkriante: "Kiu tieas?"

Mi tute senmoviĝis kaj nenion diris. Dum plena horo mi ekmovis nenian muskolon. Intertempe mi ne aŭdis lin rekuŝiĝi. Li sidis ankoraŭ vertikalspine sur la lito, aŭskultante, same kiel mi jam faris, nokton post nokto, gvatante tramurajn mortosignojn.

Baldaŭ mi aŭdis ĝemeton. Mı konsciis ke estis ĝemu de primorta teruro, ne ĝemo de doloro nek malĝojo. Ho, ne! Ĝi estis la mallaŭta, sufokita ĝemo kiu fontas el la fundo de animo tro ŝarĝita je mirego. Mi bonege konis la sonon. Multajn noktojn, precize je noktomezo, dum dormis la tuta mondo, ĝi suprensaltis el mia propra brusto, pligrandigante per sia timigega eĥado la terurojn tiam min maltrankviligantajn.

Mi diras ke mi bone ĝin konis. Mi prikonsciis kion sentis la maljunulo kaj lin kompatis, kvankam subridis mia koro. Mi certis ke ekde tiam, kiam li aŭdis la unuan brueton kaj turniĝis sur la lito, li restis sendorme. Ekde tiam liaj timoj ade pligrandiĝis. Li penadis juĝi ilin senkaŭzaj, tamen sensukcese. Li diris kaj rediris al si: "Estas nur la vento en la fumtubo." "Estas nur muso transiranta la plankon." "Estas nur grilo farinta ununuran ĉirpon." Jes, ii strebis sin konsoli helpe de tiuj antaŭsupozoj. Tamen ĉio rezultis vane. *Ĉio vanis.* Ĉar Morto, lin alproksimıĝinte, lin ŝtelspurinte, jam antaŭenĵetis sian nigran ombron kaj envolvis la viktimon. Kaj estis la funebra influo de la malvidebla ombro kiu sentigis al li—kvankam li nek vidis nek aŭdis—*sentigis* la samĉambran kuneston de mia kapo.

Kiam mi jam atendis longan tempon, tre pacience, sen aŭdi lin rekuŝiĝi, mi decidiĝis estigi etan--ege, ege etan fendon en la lanterno. Tial mi ĝin malfermis--vi ne povas imagi kiel ŝtelgeste, ŝtelgeste--ĝis kiam tempofine sola malhela lumradieto, kvazaŭ aranea fadeno, elsaltis la fendon kaj surfalis la vulturokulon.

Ĝi estis malfermita — larĝe, larĝe malfermita — kaj mi ekkoleriĝis ĝin rigardante. Mi vidis ĝin kun nepra klareco--entute malhelbluan kaj kovritan de aĉaspekta vualaĵo kiu malvarmigis mian ostomedolon mem. Sed nenian alian vizaĝeron aŭ personeron de la maljunulo mi vidis ĉar mi enfokusigis la radion kvazaŭ instinkte precize sur la damnitan lokon.

Tial ĉu mi ne diris al vi ke tio kion vi erare nomas

freneziĝo estas nur troigita sentokapablo? Jen atingis miajn orelojn, mi diru, mallaŭta, malakuta, rapida sonado, kvazaŭ tiu de horloĝo volvita en kotono. Ankaŭ *tiun* sonadon mi bone konis. Ĝi estis la korbatado de la maljunulo. Ĝi plimultigis mian koleron, same kiel tamburbatado plimultigas ia koraĝon de soldato.

Tamen ankoraŭ mi atendis kaj silentis. Apenaŭ mi spiradis. Mi tenis la lanternon en nepra senmoviĝo. Mi penadis laŭeble plej konstante reteni la radion sur la okulon. Dume la infera tamburado de la koro pligrandiĝis. Ĝi pli kaj pli rapidiĝis kaj pli kaj pli laŭtiĝis en ĉiu momento. La timego kiun sentis la maljunulo *sendube* abundegis. Tio plilaŭtiĝis, mi diras, plilaŭtiĝis ĉiun sekundon. ĉu vi bone min aŭskultas? Mi jam diris al vi ke mi estas nervoza. Tiel mi estas. Kaj nun je tiu senviva horo de la nokto, en la timiga silento de tiu malnova domo, tiel stranga bruo naskis en mi nebrideblan teruron. Tamen dum kelkaj pluaj momentoj mi min retenis kaj staris silente. La tamburado daŭre plilaŭtiĝis, plilaŭtiĝis. Mi opiniis ke baldaŭ krevos tiu koro.

Kaj nun min atakis nova konsterniĝo: najbaro ekaŭdos la bruon! Jen ekestis la mortohoro de la maljunulo! Ekkriegante mi malfermis fulmrapide la lanternon kaj ensaltis la ĉambron. Li ŝirkriis unu fojon—unu fojon sole. En nura sekundo mi trenis lin surplanken, tiris la pezan liton super lin. Tiam mi ridetis feliĉe pro la jam preskaŭ kompleta sukceso de la entrepreno. Tamen dum multaj minutoj la koro daŭre batadis kun dampita sono, sed mi ne ĝeniĝis pro tio: la sono ne aŭdeblus preter la muro. Finfine ĝi ĉesis. La maljunulo mortintis. Mi forigis la liton kaj kontrolis la kadavron. Jes, li ŝtone, ŝtonmute mortis. Mi metis la manon sur lian koron kaj ĝin retenis tie dum multaj minutoj. La organo neniel pulsadis. Li ŝtonsilente mortis. Ne plu maltrankviligus min lia okulo.

Se vi daŭre konsideras min mense malsana, vi ĉesos tiel konsideri kiam mi priskribos al vi la antaŭzorgojn kiujn mi efektivigis por kaŝi la korpon. La nokto malestiĝadis kaj mi laboris rapide sed senbrue. Unuaetape mi dismembrigis la kadavron. Mi detrančis la kapon kaj la brakojn kaj krurojn. Tiam mi forlevis tri ĉeftabulojn el la planko de la ĉambro kaj ĉion deponis inter la subtabulojn. Sekvintetape mi remetis la ĉeftabulojn tiel lerte, tiel ruze, ke nenia homa okulo—eĉ ne *lia*—povintus rimarki ion malkonvenan. Necesis al mi nenion forpurigi. Nenian ajn difektaĵon. Nepre nenian sangomakulon. Mi tro antaŭruzis por tio. Kaptokuvo ĉion jam ricevis: ho! ho!

Kiam mi finplenumis tiujn devojn, la horo estis la kvara--kvazaŭ noktomeza malhelo ankoraŭ daŭris. Dum la sonorilo indikis la horon, frapado aŭdiĝis ce la surstrata pordo. Kiam mi malsupreniris respondonte ĝin, mia koro estis senpeza: kion mi devis *nun* timi? Eniris tri viroj kiuj sin identigis, nepre afable, kiel policanojn. Laŭ ili dum la nokto najbaro aŭdis kriegon. Ekestiĝis suspekto pri fia agado. Informojn oni depoziciis ĉepoliceje. Tiujn oficirojn la policestro deputis poi kontroli la lokon.

Mi ridetis--ĉar *kion* mi devis timi? Mi bonvenigis la sinjorojn. La kriegon, mi diris, mi mem eligis okaze de sonĝo. La maljunulo, mi menciis, estas for, vizitante la kamparon. Mi ĉirkaŭkondukis miajn gastojn tra la tuta domo. Mi petis ilin kontrol-esplori — *bone* kontrolesplori. Tempofine mi kondukis ilin al *lia* ĉambro. Mi elmontris al ili liajn trezorojn, sekurajn, bonordigitajn. Konvene al la entuziasmo de mia informado, mi alportis seĝojn en la ĉambron, invitis ilin sin mallacigi *tie*. Mi mem, dume, responde al la sovaĝa aŭdaco de mia nepra venko, starigis mian propran seĝon sur la lokon mem sub kiu kuŝis la kadavro de la viktimo.

La policanoj kontentiĝis. Mia *maniero* ilin konvinkis. Mi sentis preterkutiman trankvilon. Ili sidis kaj, dum mi respondis bonhumore, pribabilis ĉiutagajn aferojn. Tamen, antaŭ oi forpasis multe da tempo, mi eksentis min paliĝi kaj komencis deziri ke ili foriru. Mia kapo doloris kaj mi opiniis subaŭdi sonadon en la oreloj. Malgraŭ tio ili daŭre sidis kaj daŭre babilis. La sonado sin pli sentigis.

Ĝi daŭris kaj sin pli rimarkigis. Por forigi la senton mi parolis pli libere. Tamen ĝi daŭris kaj sin pli evidentigisĝis kiam finfine mi konsciis ke la sonado okazas *ne* interne de miaj oreloj.

Sendube mi nun ege paliĝis. Sed mi parolis pli flue kaj kun pli laŭta voĉo. Tamen la sonado plilaŭtiĝis. Kion mi povus fari? Ĝi estis *malakuta, malakra, rapidritma sonado--tre similanta la sonon de horloĝo volvita en kotono.* Mi anhelspiris. Sed la policanoj ĝin ne aŭdis. Mi parolis pli rapide, pli fervore. Sed la bruo ade plimultiĝis. Mi stariĝis kaj debatis pri sengravaĵoj, en akuta voĉtono kaj kun pasiaj gestoj, sed la bruo konstante pligrandiĝis. Kial ili *malvolis* foriri? Mi promenegis grandapaŝe tien kaj reen laŭ la planko, kvazaŭ ekkoleriĝinte pro la kunesto de la viroj--sed la bruo daŭre plikvantiĝis. Ho, Dio! Kion ajn mi *povus* fari?

Mi ŝaŭmumis. Mi deliris. Mi sakris. Mi svingis la seĝon sur kiu mi ĵus sidis, ĝin knarigante kontraŭ la tabulojn. Tamen la bruo superlaŭtis ĉion kaj daŭre plumultiĝis. Pli laŭta — pli laŭta — *pli laŭta* ĝi iĝis. Sed ankoraŭ la viroj babiladis afable kaj ridetis. Ĉu eblis ke ili nenion aŭdis? Dio ĉiopova! Ne, ne! Ili jes ja aŭdis. Ili suspektas! Ili konscias! Ili primokas mian hororon! Tiel mi opiniis kaj tiel mi daŭre opinias! Sed io ajn pli bonis ol tiu dolorego! Io ajn pli tolereblis ol tiu priridado! Mi ne povis daŭre rezisti tiujn hipokritajn ridetojn! Kriegi aŭ morti mi opiniis bezonegi! Kaj nun! Denove! Aŭskultu! Pli laŭta! *Pli laŭta!*

"Kanajloj!" mi ŝirkriis. Ĉesu ŝajnigi! Mi konfesas la faron! Malmuntu la plankon! Ci-tie! ĉi-tie! Tio estas la batado de lia aĉega koro!

102

MANUSKRIPTO TROVITA EN BOTELO

Pri mia lando kaj mia familio mi havas malmulte por diri. Malbontraktado kaj tempolongo forpelis min el la unua kaj fremdigis min disde la alia. Heredita riĉeco akirigis al mi edukadon de malkomuna kvalito kaj kontemplema intelekto scipovigis min enordigi la provizojn ege diligente amasigitajn dum frua lernado. Preter ĉio, studado pri la Germanaj moralistoj ege min feliĉigis: ne pro malbonkonsila admiro antaŭ ilia elokventa frenezio, sed pro la facilo per kiu mia kutime rigora pensmaniero permesis malkovri iliajn erarojn.

Oni ofte riproĉis al mi la aridon de mia genio. Malsufiĉon da imagkapablo ĉe mi oni nomis krimo. La Pironismo de miaj opinioj ekde ĉiam min fifamigas. Efektive, forta prefero por fizika filozofio tinkturis mian menson, mi timas, per ege komuna eraro de nia epoko. Mi aludas la kutimon rilatigi okazintaĵojn, eĉ la malplej taŭgajn por tia rilatigo, kun la principoj de la koncerna scienco. Ĝenerale, neniu malpli ol mi inklinas sin lasi forkonduki el la rigoraj kampoj de la vero far la *ignes fatui* de la superŝtico. Mi opinias ke dece estas tion antaŭneprigi por ke la nekredebla aventuro kiun mi deziras rakonti ne estu konsiderata deliraĵoj de kruda imago anstataŭ pozitivaj spertoj de menso ĉe kiu la revoj de fantazio estas kaj restas morta neniaĵo.

Post multaj jaroj kiujn mi pasigis vojaĝante eksterlande, mi ekvelis en la jaro 18... el Batavio-haveno, sur la riĉa kaj dense loĝata insulo Javo, cele al Insuloj Sundaj. Mi iris kiel pasaĝero sen instigo alia ol speco de nervoza maltrankvilo kiu hantis min kiel diablo.

Nia veturilo estis bela kuprofermita ŝipo de ĉirkaŭ kvar cent tunoj, konstruita en Bombajo el Malabara tektonligno. Ĝi estis ŝarĝita de kotono kaj oleo el Lakadivaj Insuloj kaj transportis ankaŭ kokososelan fibron, palmarbsukan sukeron, likvan bovin-buteron, kokosojn kaj kelkajn skatolojn da opio. La kargo estis malbone stivita pro kio la ŝipo kliniĝis.

Ni surmeriĝis helpe de minimuma ventospireto kaj dum multaj tagoj navigis laŭ la orienta bordo de Javo sen evento povanta malgrandigi la monotonon de nia irado krom maloftaj renkontiĝoj kun kelkaj malgrandaj kvadratrigaĵoj devenintaj el la insularo kiun ni celis atingi.

Iun vesperon, preterkliniĝante la pobobalustradon, mi ekvidis ege malkutiman ununuran nubon en la nordokcidento. Ĝi estis miriga ne nur pro sia koloro sed ankaŭ pro esti la unua kiun ni vidis ekde nia foriro el Batavio. Mi ĝin spektadis ĝis la sunsubiĝo kiam ĝi etendiĝis subite kaj orienten kaj okcidenten, tiel enzonigante la horizonton per mallarĝa vaporstrio kaj similante longan linion de malalta plaĝo. Baldaŭ poste atentigis mian scivolemon la polvoruĝa aspekto de la luno kaj ia malkutima karaktero de la maro. Tiulasta rapide ŝanĝiĝis kaj la akvo ŝajnis preterkutime travidebla. Kvankam mi vidis klare la fundon, ĵetinte la plumbaĵon, mi konsciis ke la ŝipo situas sur dek kvin klaftoj da profundo.

Nun la aero netolereble varmiĝis kaj ŝarĝiĝis je spiralaj elspiraĵoj pensigantaj tiujn kiuj leviĝas el varmigita fero. Dum estiĝis la nokto, ĉiu ventospiro formortis kaj pli nepran trankvilon oni ne povas imagi. Kandelflamo brulis surpobe sen la malplej perceptebla moviĝo. Longa harfadeno, tenite inter montro- kaj dikfingroj, pendis nepre vertikale, sen videbla balanciĝo. Tamen, pro tio ke la ŝipestro deklaris senti nenian danĝersignon kaj ni drivis tutkorpe bordodirekten, li ordonis ferli la velojn kaj malsuprenigi la ankron. Noktosentinelojn li malkonsentis postenigi kaj la ŝipanoj, plejparte Malajoj, sin kuŝigis dormintence sur la ferdeko.

Mi subferdekiĝis, spertante tamen fortan antaŭsenton pri

malbono. Efektive, ĉiu signo rajtigis min antaŭtimi samumon. Mi sciigis al la ŝipestro miajn timojn sed li entute malatentis min kaj retiriĝis sen bonvoli respondi. Mia maltrankviliĝo nuligis tamen ĉiun dormkapablon mian kaj ĉirkaŭ noktomezo mi supreniris sur la ferdekon. Dum mi situigis piedon sur la superan rungon de la ŝtuparo min ekkonsternis laŭta zumado kvazaŭanta tiun povanta estigi rapida rotacio de muelrado. Antaŭ ol povi konstati la signifon de la bruo, mi eksentis fortan tremadon agadantan ĝis en la ŝipocentro. En la sekvinta sekundo ŝaŭmtajdego nin surflankenigis kaj, inundante nin antaŭ- kaj malantaŭŝipe, balaegis ĉiujn ferdekojn de steveno al pobo.

La severa kolero de la atako rezultigis, grandaparte, la savon de la ŝipo. Kvankam entute akvosaturite, pro tio ke ĝiaj mastoj jam enfalis la maron, la ŝipo postminute leviĝis peze el la akvo kaj, ŝanceliĝante provizore sub la fortega premo de la tempesto, finfine vertikaliĝis.

Pere de kiu miraklo mi evitis detruiĝon mi ne scipovas diri. Senkonsciigite per la akvoŝoko, mi trovis min, renormaliĝinte, enŝovitan inter la posta steveno kaj la rudro. Tre malfacile mi restariĝis kaj, ĉirkaŭrigardante kapturniĝe, eksupozis unuamomente ke ni situas inter rompiĝantaj ondegoj, tiel giganta estis, preter la plej ekstravaganca imagokapablo, la kirlakvo da montoalta kaj ŝaŭmanta oceano en kiu ni abismiĝis.

Post iom da tempo mi aŭdis la voĉon de maljuna Svedo enŝipiĝinta kun ni en la lasta momento antaŭ nia elhaveniĝo. Mi lin alvokis plenpulme kaj baldaŭ li pobenvenis ŝanceliĝante. Rapide ni ekkonsciis esti la solaj travivintoj de la akcidento. Ĉiuj surferdekuloj krom ni forbalaiĝis elŝipe. La ŝipestro kaj la maatoj verŝajne pereis en la dormo ĉar iliaj ĉambretoj diluve pleniĝis je akvo. Senhelpe ni povis nur malmulte sekurigi la ŝipon kaj ĉiun tiucelan deziron paralizis komence la anticipo tujege eksinki.

Nia kablo, komprenble, jam disiĝis kvazaŭ pakŝnureto en

la unua uraganvento. Sen tio ni certe tujege superverŝiĝintus. Ni drivis kun timiga rapido antaŭ la maro kaj la avko estigis travideblajn breĉojn super ni. Nia pobokadro troige frakasiĝis kaj preskaŭ ĉiurilate ni spertis grandan difektadon. Feliĉege la pumpiloj ankoraŭ senobstrukciiĝis kaj nia balasto ne danĝere dislokiĝis. La ĉefa furiozo de la ŝtormo jam disipiĝis kaj la nuna forto de la vento ne plu nin multe endanĝerigis. Tamen ni atendis kun konsterniĝo ĝian eventualan fintrankviliĝon, supozante ke, pro nia disiĝinta stato, ni neeviteble mortos en la rezultonta hulego.

Tamen tiu ege ĝusta timego laŭŝajne ne baldaŭ verfaktiĝus. Dum kvin plenaj tagoj kaj noktoj—dum kiu periodo konsistigis nian solan manĝoprovizon malabunda kvanto da palmarbsukero tre malfacile ekhavigita el la teŭgo--la ŝipkorpo flugegis kun nekalkulebla rapideco antaŭ oftaj sinsekvoj da ventopuŝoj kiuj, sen egali la komencan perforton de la samumo, restis tamen pli timigaj ol iu ajn tempesto kiun mi antaŭe renkontis.

Nia kurso iris dum la kvar unuaj tagoj, kun iometaj variadetoj, sudorienten-orienten kaj devas esti ke ni sekvis la bordon de Nov-Nederlando. En la kvina tago la malvarmo pligrandiĝis kvankam la vento nun direktiĝis pli norden. La suno leviĝis kun malsane flava brilo kaj grimpis kelkajn gradojn super la horizonto sen eligi precizan lumon. Vidiĝis neniaj nuboj, tamen la vento plifortiĝis kaj blovis kun maltrankvila kaj malkonstanta furiozo. Ĉirkaŭ tagmezo, laŭ nia plej bona takso, denove atentigis nin la aspekto de la suno. Ĝi ne elsendis aŭtentan lumon, laŭ la ĝusta signifo de la vorto, sed malhelan, morozan, senreflektan lumon, kvazaŭ ties ĉiuj radioj polariziĝis. Tuj antaŭ ol ĝi sinkis en la turgeskan maron, subite estingiĝis ĝiaj centraj fajroj, kvazaŭ haste senlumigite far neklarigebla potenco. Kiel malklara, arĝentaĵa, soleca radrando ĝi aspektis, rapidiĝante malsupren en la senfundan oceanon.

Vane ni atendis la alvenon de la sesa tago. Por mi

tiu tago ankoraŭ ne alvenas. Neniam por la Svedo ĝi alvenis. Ekde tiam antaŭen piĉkolora malhelo nin envolvis, rezulte de kio ni ne povintus ekvidu objekton situantan dudek paŝojn for de la ŝipo. Daŭre envualiĝis nin eterna nokto al kiu entute mankis tiu mildiga influo de fosforeska marbrilo al kiu ni jam antaŭe alkutimiĝis en tropikaj regionoj. Tion ni aldone prikonsciis ke, kvankam la tempesto ne ĉesis furiozi kun senmoderiĝinta perforto, ne plu videblis la kutimaj surfo kaj ŝaŭmo antaŭe nin kunirintaj. Entute ĉirkaŭis nin hororo kaj dika malhelo kaj ŝvitiganta ebonnigra malsovaĝejo.

Superŝtica teruro enrampis gradon-post-grade la animon de la maljuna Svedo kaj la mian envolvegis silenta miro. Ni ĉesis prizorgi la ŝipon, taksante tian agadon senutila, kaj nin kunligis laŭeble plej bone al la stumpo de la postmasto, enrigardante kun amara koro la oceanan mondon. Ni disponis pri nenia horkalkulilo nek scipovis diveni nian situlokon. Ni bone prikonsciis tamen esti irintaj pli suden ol antaŭaj navigistoj kaj ege surpriziĝis pro nia nepra malrenkontiĝo kun kutimaj tiaregionaj glaciobstakloj.

Dume ĉiu momento minacis esti nia lasta. Ĉiu montoalta ondego hastis superverŝi nin. La hulo superis ĉion imageblan. Mirakle estis ke ĝi nin ne tuj entombigis. Mia kunvojaĝanto priparolis la malpezon de nia kargo kaj rememorigis al mi la bonajn kvalitojn de nia ŝipo. Tamen mi ne evitis senti la nepran senesperon de la espero mem kaj min pretigis malfeliĉe por tiu morto kiun, mi opiniis, nenio povos prokrasti pli ol unu horon ĉar kun ĉiu knoto de antaŭenirado efektivigata de la ŝipo la hulado de la nigraj maregoj fariĝis pli morne timiga. Foje ni anhelspiris, situante pli alte ol la albatroso. Alifoje ni kapturniĝis pro la rapido de nia descendo en akvajn inferojn kie la aero malfreŝiĝis kaj nenia sono ĝenis la dormadon de la malstromaj monstroj.

Ni troviĝis ĉefunde de unu el tiuj abismoj kiam rapida kriego de mia kunŝipano invadis timige la nokton. "Vidu! Vidu!", li ŝrikis, kriĉante apud miaj oreloj. "ĉiopova

Dio! Vidu! Vidu!" Dum li parolis mi prikonsciis malhelan, malĝojigan, ruĝluman brilegon kiu malsuprenfluis laŭ la deklivoj de la vasta abismo en kiu ni kuŝis kaj disĵetis maltrankvilan helaĵon sur nian ferdekon. Suprendirektinte mian rigardon, mi ekvidis spektaklon kiu glaciigis mian sangon.

Ĉe grandega alto rekte super ni kaj sur la rando mem de la krutega descendejo ŝvebis giganta ŝipo de ĉirkaŭ kvar mil tunoj. Kvankam ĝi estis suprenlevita en vertikala pozo surkreste de ondego pli ol centoble pli alta ol ĝi, ĝia verŝajna grandeco superis tiun de iu ajn ŝipo de la linio aŭ alie ekzistanta en Indonezio. Ĝia grandega korpo estis malhele, malpure nigrakolora kaj mankis al ĝi ĉiuj kutimaj ŝipbeligaj ĉizaĵoj. Ununura vico da latunaj kanonoj elŝoviĝis el ĝiaj malfermitaj lukoj kaj disĵetiĝis el la poluritaj kanonsurfacoj la fajroj de sennombraj batallanternoj balanciĝantaj tien kaj reen en la ŝipa rigo.

Sed tio kio ĉefe instigis ĉe ni hororon kaj miron estis ĝia kapablo rezisti sub plenvelara ŝarĝo la dentaĵojn de tiu preternatura maro kaj tiu neregebla uragano. Kiam ni unue prikonsciis la ŝipon, videblis nur ĝia pruo dum ĝi leviĝis malrapide el la malhela kaj horora abismo ĝin pretersituanta. Dum momento da intensa teruro ĝi paŭzis sur la vertiĝa ondopinto, kvazaŭ kontemplante sian propran sublimon, tiam tremis, ŝanceliĝis--kaj malsuprenfalis.

Mi ne scias kiu aplombo trafis mian spiriton en tiu momento. Hastante stumblapaŝe laŭeble plej poben, mi atendis sentime la detruon min subigontan. Nia propra veturilo jam ĉesis finfine sian luktadon kaj sinkis la pruon malsupren. Tia! la ŝoko de la falanta maso trafis ĝian jam subakvan parton, la senevita rezulto de kio estis min forlanĉi kun nerezistebla perforto en la rigon de la nekonata ŝipo.

Dum mi falis, la ŝipo enhaŭlis stajojn kaj ŝanĝis direkton. La rezultinta konfuzo efektivigis tion ke la ŝipanaro min ne rimarkis. Kun malmulta malfacilaĵo kaj sen min atentigi mi laŭvojiĝis ĝis la ĉefa luko kiu estis duonaperta. Baldaŭ estiĝis bona okazo min kaŝi en la holdo. Kial mi tiel agis mi apenaŭ kapablas diri. Malpreciza mirosento fikstenanta mian menson jam ekde mia unua rigardo al la navigantoj de la ŝipo eble ĉefe respondecas pri mia elekto min kaŝi. Mi malbonvolis min konfidi al homa gento jam elmontrinta, laŭ mia unua traglita rigardo, tiom da malprecizaj fontoj da svagaj strangeco, dubo kaj anksieco. Tial ŝajnis al mi bona elekto konsistigi kaŝejon en ia holdo. Tion mi faris forigante malgrandan aron de la moviĝantaj tabuloj, tiel min disponigante pri konvena retiriĝejo inter la grandegaj traboj de la ŝipo.

Mi apenaŭ finplenumis mian laboron kiam samholda paŝsono devigis min utiligi la novan kaŝejon. Viro pretrpasis mian retiriĝejon kun malforta kaj malkonstanta progresoritmo. Lian vizaĝon mi ne sukcesis ekvidi sed bonŝancis observi lian ĝeneralan aspekton kiu elmontris grandajn maljunecon kaj malsanon. Liaj genuoj ŝanceliĝis sub multaĝpezo kaj lia tuta estaĵo tremis sub la sama ŝarĝo. Li murmuris al si, en mallaŭta, malkonstanta tono, kelkajn fremdalingvajn vortojn kiujn mi ne komprenis, kaj fingropalpe en ĉambroangulo serĉis inter tie situanta amaso da malkutimaspektaj iloj kaj putrintaj marmapoj. Lia maniero estis sovaĝa miksaĵo da iritiĝemeco de dua infaneco kaj solena digno de ekstermonda dio. Tempofine li supreniris surferdeken kaj lin mi ne plu vidis.

****

Ekposedas mian animon sento por kiu mi havas nenian nomon--sento neanalizebla, sento por kiu pasinttagaj lecionoj malsufiĉas, por kiu la estonteco, mi timas, disponigos al mi nenian ŝlosilon. Por menso konsistigita kiel la mia tiu lasta eblo promesas malbonon. Neniam-- mi scias ke neniam -- mi kontentiĝos rilate al la karaktero de miaj konceptoj. Tamen ne strangas ke tiuj konceptoj estu malprecizaj ĉar ilin naskigis fontoj tiel nepre originalaj. Nova sento, nova ento aldoniĝas al mia animo.

****

Jam forpasis longa tempo ekde kiam mi surpaŝis unuan fojon tiun teruran ŝipon kaj, miaopinie, la radioj de mia sorto kune alproksimiĝas komunfokuse. Nekompreneblaj homoj! Envolvite en meditadoj de speco kiun mi ne scipovas diveni, ili preterpasas sen min prikonscii. Min kaŝi estas nepra sensencaĵo ĉar tiuj viroj *malbonvolas* min vidi. Antaŭ nur unu minuto mi pasis rekte antaŭ la rigardo de la maato. Ne longe antaŭ tio mi kuraĝis eniri la ĉambreton de la ŝipestro kaj tie alprenis la helpilojn per kiuj mi nun skribas kaj jam antaŭe skribis. De tempo al tempo mi daŭre verkos ĉi-tiun taglibron. Vere estas ke eble mi ne disponos okazon ĝin transdoni al la mondo, sed mi ne hezitos entrepreni tiucelan klopodon. En la lasta momento mi enboteligos la manuskripton kaj ĝin forĵetos en la maron.

****

Estiĝis evento instiginta ĉe mi novajn meditadojn. Ĉu tiajn okazintaĵojn rezultigas senrega Hazardo? Mi aliris la ferdekon kaj min ĵetis, sen min atentigi, inter amason da kanabaĵoj kaj malnovaj veloj situantaj ĉefunde de la jolo. Primeditante la malkutimeton de mia sorto, mi senkonscie ŝmiretis per gudropeniko la randojn de bonorde faldita fosetvelo kuŝanta proksime al mi sur barelo. La velo nun etendiĝas sur la ŝipo kaj miaj senpensaj peniktuŝetoj literumas la vorton: MALKOVRO.

****

Mi faris lastatempe multajn komentojn pri la

110

strukturo de la ŝipo. Kvankam bone armite, ĝi ne estas, miaopinie, militŝipo. Ĝiaj rigo, konstrumaniero kaj aparataro nuligas ĉiun tian supozon. Kio ĝi *ne* estas mi povas facile rekoni. Ne eblas diri, mi timas, kio ĝi *estas*. Mi ne scias la kialon sed kiam mi okulkontrolas ĝiajn strangan modelon, malkutiman velstangaron, gigantan dimensiaron, enorman drelikaron, rigore simplan pruon kaj antikvan pobon, kelkfoje fulmrapide trakuras mian menson sento pri antaŭaj konataĵoj kaj ĉiam miksiĝas inter tiaj malklaraj ombrobildoj senkiala memoraĵo pri multaĝaj fremdalandaj kronikoj kaj antaŭlongaj epokoj.

****

Mi kontrolas la lignotrabojn de la ŝipo. Ĝi estas konstruita el materialo kiun mi ne konas. La ligno havas strangan karakteron kiu laŭ mi ĝin malkonvenigas al la celo por kiu la konstruintoj ĝin antaŭplanis. Mi volas diri ĝian egan *porecon,* sen konsideri ties vermoboritan staton rezultintan pro navigado sur tiuj-ĉi maroj kaj ties de longa aĝo kaŭzitan putrecon. La aserto ŝajnos eble iom preterscivolema sed tiu ligno havas la kvalitojn de Hispana kverko se kontraŭnaturaj rimedoj povus disstreĉi Hispanan kverkon.

Kiam mi relegas la supran frazon revenas plenpotence al mia memoro interesa apotemo de maljuna, veterbatita, Nederlanda navigisto. "Estas tiel certa," li kutimis diri kiam aŭskultantoj pridubis la veron de liaj asertoj, "kiel maro sur kiu ŝipkorpo pli grandiĝos same kiel la vivanta korpo de maristo."

****

Antaŭ ĉirkaŭ unu horo mi kuraĝis min interigi en aron da ŝipanoj. Ili neniel min atentis kaj, kvankam mi staris plenmeze de ili, entute malkonsciis ŝajne pri mia kunesto. Same kiel tiu kiun mi unue vidis en la holdo, ĉiuj surportis la

111

signojn de ega antikveco. La genuoj tremis pro malkapablo. La ŝultroj antaŭenduobliĝis pro kadukeco. La ŝrumpintaj haŭtoj krepitis en la vento. La voĉoj sonis mallaŭte, trememe kaj interrompiĝeme. Agmuko briligis la okulojn. Iliajn grizajn harojn la tempesto riverumigis. Ĉirkaŭ ili, sur ĉiu plankero de la ferdeko, diskuŝis matematikiloj de la plej kurioza kaj pasintepoka konstruo.

****

Mi jam menciis antaŭ kelke da tempo fostetvelan kliniĝon. Ekde tiu periodo la ŝipo, ĵetite nepre antaŭvente, daŭrigas sian teruran rektasudan veturadon, kun ĉiu drelikĉifono en pakita stato ekde la mastosuproj ĝis la malsupraj fostetvelaj bumoj kaj malsuprenrulante ĉiun momenton siajn supermastajn jardbrakojn en la plej timigan akvoinferon homamense imageblan. Mi ĵus forlasis la ferdekon kie mi ne sukcesas resti starante kvankam la ŝipanaro ne spertas laŭŝajne similan malkonvenon.

Mi nomas miraklo preter ĉiuj mirakloj tion ke nia giganta ŝipkorpo ne tuj kaj ĝisĉiameterne englutiĝas. Certe ni estas kondamnitaj balanciĝi konstante sur la rando de Eterneco sen iniciati la finan plonĝon en la abismon. Ekde ondegoj miloble pli kolosaj ol iuj ajn kiujn mi antaŭe vidis ni forglitas kun la facilo de sagfluga mevo. La Titanaj akvoj levas siajn kapojn super ni kiel demonoj de la profundaĵoj, tamen demonoj rajtantaj fari nur simplajn minacojn kaj malrajtantaj detrui. Necesas al mi atribui tiujn oftajn eskapojn al la sola natura kaŭzo povanta rezultigi tian efikon: la ŝipo devas sperti la influon de iu forta fluo aŭ impeta kontraŭfluo.

****

Mi vidis la ŝipestron vizaĝ-al-vizaĝe kaj en lia propra ĉambreto. Tamen, konforme al tio kion mi atendis, li malatentis min. Kvankam en lia aspekto vidiĝas nenio kio, por hazarda spektanto, lin idcntigu kiel sub- aŭ superhoman -- sento de nebrideblaj miro kaj admiro miksiĝis en mia koro kun alia sento de preskaŭ religia respektego. Lia alto egalas preskaŭ la mian. Tio estas, li altas je ĉirkaŭ kvin piedoj kaj ok coloj. Li havas bone muntitan kaj kompaktan korpoframon, nek fortikan nek malkutime malfortikan. Sed estas la unuopeco de la mieno reganta lian vizaĝon--estas la intensa, mirinda, ekscita indikaĵo pri maljuneco tiel absoluta, tiel nepra -- kiu naskigas en mia animo nedireblan senton, neenvortigeblan kormoviĝon. Lia frunto, kvankam nur malmulte faltohava, ŝajnas surporti la stampon de miriado da jaroj. Liaj grizaj haroj estas registriloj pri la pasinteco kaj liaj pli grizaj okuloj estas Sibiloj pri la estonteco.

La planko de la ĉambreto estis dise kovritaj per strangaj, ferbinditaj foliantoj kaj putrantaj scienciloj kaj arkaikaj, de longe forgesitaj marmapoj. Lia kapo antaŭenkliniĝis super liaj manoj dum kun fajra, maltrankvila rigardo li atente studadis dokumenton kiu aspektis kiel komisiaĵo kaj ŝajnis surporti monarkan subskribon. Li murmuris al si, same kiel la unua maristo antaŭe vidita de mi en la holdo, kelkajn mallaŭtajn, malbonhumorajn, fremdalingvajn silabojn, kaj kvankam la parolinto situis kubutproksime al mi, lia voĉo atingis miajn orelojn kvazaŭ ekde mejlolonga distanco.

****

La ŝipon kaj ties tutan enhavaĵon infiltras la spirito de Oldulo. La ŝipanoj glisas tien kaj reen kiel la fantomoj de entombigitaj jarcentoj. Iliaj okuloj enportas avidan kaj maltrankvilan signifon. Kiam iliaj fingroj elmontriĝas sur mia irvojo en la sovaĝa brilo de la batallampoj, mi spertas senton neniam antaŭe perceptitan de mi, kvankam dum una tuta vivo mi traktas pri antikvaĵoj kaj jam ensorbis la ombrojn de falintaj kolonoj ĉe Balbeko, Tadmoro kaj Persepoliso, rezulte de kio mia animo mem ruinaĵiĝis.

113

****

Kiam mi ĉirkaŭrigardas mi hontiĝas pri miaj antaŭaj maltrankvilaĵoj. Se antaŭe mi tremis pro la ventego ĝis tiam nin kuniranta, ĉu mi ĉi-momente ne konsternegiĝu pri la aktuala, inter vento kaj oceano okazanta milito kiun nur maltaŭge kaj malsufiĉe identigas vortoj kiel "tornado" kaj "samumo"? Proksimege al la ŝipo vidiĝas nur malhelo de eterna nokto kaj ĥaoso de senŝaŭma akvo. Ĉe ĉirkaŭ leŭgofora distanco tamen, ambaŭflanke de ni, elmontriĝas, malprecize kaj malkonstante, kolosegaj glaci-rempartoj, turegante en la dezerta ĉielo kaj aspektantaj kiel la muroj de la universo.

****

Kiel mi tion supozis, la ŝipo iras sur fluo se tiun nomon oni rajtas atribui al la tajdego kiu, preterpasante hurlante kaj ŝirkriante la blankan glaciaron, hastas tondrobrue suden kun rapideco egalanta la senbridan impeton de sovaĝa katarakto.

Koncepti la hororon de miaj sentoj, mi supozas, neprege ne eblas. Tamen scivolemo penetro la misterojn de ĉi-tiuj regionaĉoj superas eĉ mian malesperon kaj min konsentigos pri la plej groteska trajto de la morto. Evidentas ke ni hastas senpere al ekscitanta ekscio, al neniam klarigota sekreto kies atingo samtempe nin detruos. Eble tiu fluo nin kondukas al la suda poluso mem. Ni konfesu ke tiel laŭŝajne strangan supozon ĉiu ebleco favoras.

****

La ŝipanoj piedpromenas sur la ferdeko kun maltrankvila kaj tremanta ritmo. Sur iliaj vizaĝoj tamen vidiĝas mienoj elmontrantaj pli la avidon de espero ol la apation de malespero.

Intertempe la vento daŭre antaŭenpelas nin depobe kaj, pro tio ke ni kunportas amason da drelikaĵoj, la ŝipo suprenleviĝas foje tutkorpe de sur la maro. — Ho! Hororo preter ĉiuj hororoj! La glaciaro malfermiĝas subite dekstre kaj maldekstre kaj ni kirliĝas kapturniĝe en vastaj samcentraj cirkloj, ĉirkaŭ kaj reĉirkaŭ la randoj de giganta amfiteatro kies mursuprajoj perdiĝas en malhelo kaj foreco.

Restas al mi nur malmulte da tempo en kiu primediti mian sorton. Rapide la cirkloj malpligrandiĝas. Ni plonĝas freneze en la kaptocentron de la malstromo. Ĉirkaŭate de la hurlado kaj muĝado kaj tondrado de la oceano kaj la tempesto, la ŝipo ektremas kaj komencas--ho!, Dio!-sinki.

LA FALO DE UŜERO-DOMO

Dum la tuta daŭro de teda, malhela, sensona tago en la aŭtuno de la jaro, kiam la nuboj pendis preme kaj malalte en la ĉielo, mi pasis sola, sur ĉevalo, tra malkutime morna kamparregiono; kaj finfine min trovis, dum estiĝis la vesperaj ombroj, ĉe vidpunkto pri la melankolia Uŝero-Domo. Mi malscias la kialon de tio—sed je la unua ekvido pri la konstruaĵo, sento de netolerebla malfeliĉo invadis mian spiriton. Mi diras "netolerebla" ĉar trankviligis tiun senton nenia duonplezuriga (ĉar poezia) sensaco kiun kutime registras la menso alfronte al la plej severaj naturaj bildoj pri sovaĝeco aŭ teruro. Mi rigardis la scenon antaŭ mi—la nuran domon kaj la simplajn pejzaĝtrajtojn de la bieno—la mornajn murojn—la malplenajn okulaspektajn fenestrojn—kelkajn fetorajn kareksojn—kaj kelkajn blankajn trunkojn de putrintaj arboj—kun nepra depremo de animo kiun mi scipovas kompari kun nenia surtera sensaco pli taŭge ol kun la postrevo de opiofestinto—la amara replonĝo en ĉiutagan vivadon—la malbelega forfalo de la vualo. Ekestis glaciiĝo, sinkado, malsaniĝo de la koro—senkompensa morneco de pensado kiun sukcesis survojigi ĝis sublimeco nenia premego de la imagpovo. Kio—mi paŭzis por primediti la temon—kio min tiom maltrankviligis dum mi rigardis Uŝero-Domon? Estis mistero nepre nesolvebla; cetere mi malsukcesis barakti kun la ombraj fantazioj kiuj min kunpremis dum mi meditadis. Mi devis min turni al la maltaŭga konkludo ke, dum sendube ja ekzistas kombinoj de tre simplaj naturaj objektoj havantaj la povon nin tiel afekcii, tamen la analizo de tiu povo nombriĝas inter konsideradoj preterpasantaj nian komprenon. Eblas, mi pensis, ke simpla malsama aranĝo de la trajtoj de la sceno, de la detaloj de la bildo, sufiĉos por aliigi aŭ eĉ entute nuligi ties kapablon fari malfeliĉan efekton; kaj, responde al tiu hipotezo, mi bridrimenis mian ĉevalon ĉe la kruta bordo de nigra kaj nebularda lageto kuŝanta en senbrua heleco apud la loĝejo kaj subenrigardis—sed kun tremego eĉ pli ekscitanta ol antaŭe—la rearanĝitajn kaj inversigitajn bildojn pri la griza karekso kaj la makabraj arbotrunkoj kaj la okulsimilaj fenestroj.

Tamen en ĉi tiu domego de morneco mi nun celis gastadi dum kelkaj semajnoj. Ĝia proprietanto, Roderiko Uŝero, estis unu el miaj plej intimaj amikoj dum nia knabeco; tamen multaj jaroj forpasis ekde nia lasta renkontiĝo. Letero, tamen, atingintis min en fora regiono de la lando—letero de li—kiu, pro sia senbride petema karaktero, invitis nur vivpersonan respondon. La manuskripto vidigis indicojn pri nervoza maltrankvilo. La leterinto priparolis seriozegan korpan malsanon—mensan malsanon kiu lin premas—kaj pri sincera deziro vidi min, kiel lian plej bonan, kaj efektive solan amikon, kun la celo, pere de la plezuro de mia kompanio, iom malpligrandigi lian malsanon. Estis la maniero en kiu diritis ĉio tio, kaj multe pli—estis la ŝajna *koreco* kiu akompanis la peton—kiu malpermesis min heziti; rezulte mi obeis tujege kion mi daŭre konsideris ege malkutima alvoko.

Kvankam, kiel knaboj, ni estis eĉ intimaj kunirantoj, mi malmulte sciis tamen pri mia amiko. Lia distanceno estis ĉiam ekscesa kaj konstanta. Mi konsciis tamen ke lia ege antikva familio estis fama, jam en forpasintaj epokoj, por aparta sensivo de temperamento sin montranta, dum longaj periodoj, en multaj verkoj de laŭdeginda arto kaj, pli lastatempe, en ripetitaj faroj de malavarega sed senfanfarona almozo, kaj cetere en pasia sindediĉo al la komplikaĵoj, eble eĉ pli ol al la tradiciaj kaj facile rekoneblaj belecoj, de la muzikaj sciencoj. Mi eksciis ankaŭ la ege rimarkindan fakton ke la tigo de la Uŝera gento, kvankam ĝuante longtempajn honorojn, neniam fondis daŭran branĉon; alivorte, ke la tuta familio sin limigis al rekta devenlinio kaj ĉiam, krom ege malgravaj kaj ege provizoraj varioj, ade sin limigas tiel. Estis tiu manko, mi konsideris, primeditante la perfektan mantenadon de la lokalo kaj la agnoskatan karakteron de la gento, kaj spekulativante pri la ebla influo kiun la unua, dum la longa preterpaso de jarcentoj, povintus trudi al la alia—estis tiu manko, eble, de akcesora idaro, kaj la rezultinta sendevia transdono, de patro al filo, de la hereda posedaĵo kun la nomo, kiu, finfine, tiomagrade

117

kunidentigis la du ke la origina nomo de la bieno aliiĝis en la kuriozan kaj dubasencan nomon "Uŝero-Domo"—nomon ŝajnantan ampleksi en la mensoj de la kamparanaro ĝin uzanta, kaj la familion kaj la familian domon.

Mi diris ke la sola rezulto de mia iom knabeca eksperimento—mia subenrigardado en la lageton—estis pliprofundigo de la unua malkutima efekto. Estas sendube ke la konscio pri la rapida pligrandigo de mia superstiĉo—ĉar kial mi hezitu ĝin nomi tia?—utilis ĉefe por plirapidigi tiun pligrandigon mem. Jam de longa tempo mi konscias ke tia estas la paradoksa leĝo pri ĉiuj sentoj bazitaj sur la teruro. Kaj eble pro tiu sola kialo okazis ke, kiam denove mi levis la rigardon ĝis la domo mem, for de ties bildo en la lageto, ekkreskis en mia menso stranga fantazio—fantazio tiel ridinda ke mi konsentas ĝin mencii nur por elmontri la viglan forton de la sensacoj kiuj min premis. Mi tiel aktivigintis mian imagpovon ke mi komencis pensi efektive ke super la tutaj domego kaj bieno pendas etoso propra nur al ili kaj al ilia ĉirkaŭejo—etoso havanta nenian rilaton kun la aero de la ĉielo, sed leviĝinta el la putrintaj arboj kaj la griza muro kaj la silenta lageto—pesta kaj mistika vaporo, malhela, malenergia, apenaŭ videbla, plumba.

Forskuinte de sur mia spirito tion kio povintus esti nur sonĝo, mi rigardis pli proksimdetale la veran aspekton de la konstruaĵo. Ĝia ĉefa trajto ŝajnis esti tiu de ekscesa antikveco. La miskoloriĝo kaŭzita de la forpasintaj epokoj estis granda. Etaj fungoj sin sternintis sur la tutan eksteraĵon kaj pendis el la aleroj en subtila, implikita retaĵo. Malgraŭ tio videblis tamen nenia eksterordinara kadukeco. Forfalintis nenia parto de la masonaĵo; kaj ŝajnis esti sovaĝa malkonformeco inter ties daŭre perfekta kunligo de eroj kaj la dispeciĝanta stato de la unuopaj ŝtonoj. Tiurilate la situacio multe memorigis al mi la ŝajnigan tutecon de malnova lignaĵo putrinta dum longaj jaroj en iu forgesita kelo sen difektiĝi pro la interrompa spirado de la ekstera aero. Krom tiu indikaĵo pri vastskala putreco, tamen, la konstruaĵo elmontris malmultajn signojn pri malstabileco. Eble la rigardo de kontrolanta observanto konstatintus apenaŭ percepteblan fendeton, kiu, etendiĝante ekde la tegmento de la domo sur la fasado, estigis vojon suben laŭ la muro en zigzaga direkto, ĝis sin perdigi en la morozajn akvojn de la lageto.

Rimarkinte tiujn aspektaĵojn, mi rajdis trans mallongan digvojon ĝis la domo. Atendanta servanto ricevis mian ĉevalon kaj mi eniris la gotikan arkopasejon de la halo. Ŝtelpaŝa valeto kondukis min de tie, en silento, tra multaj malhelaj kaj kompleksaj koridoroj ĝis la laborejo de sia mastro. Multe da tio kion mi renkontis survoje helpis, mi malscias kiel, pligrandigi la malklarajn sentojn pri kiuj mi jam parolis. Dum la objektoj min ĉirkaŭantaj—dum la ĉizaĵoj de la plafonoj, la sombraj tapiserioj sur la muroj, la ebona nigreco de la plankoj, kaj la fantasmagoriaj armoriaj trofeoj kiuj klakadis dum mi preterpasis, estis nur aferoj al kiuj, aŭ similaj al tiuj al kiuj mi jam alkutimiĝis ekde mia infaneco—dum mi malkuraĝis malagnoski kiom konata estas ĉio tio—tamen mi miris ekkonsciante kiom malkonataj estas la fantazioj kiujn estigis tiuj kutimaj bildoj. Sur unu el la ŝtuparoj mi renkontis la familian kuraciston. Lia mieno, mi pensis, elmontris kunmiksitan aspekton de malnobla ruzado kaj perplekseco. Li salutis min timege kaj preterpasis. Ĵetgeste nun la servanto malfermis pordon kaj min kondukis antaŭ sian mastron.

La ĉambro en kiu mi min trovis estis ege granda kaj alta. La fenestroj estis longaj, mallarĝaj kaj pintigitaj kaj situis tiom for disde la nigra kverka planko ke nepre maleblis ilin atingi de interne. Malfortaj briletoj de ruĝigita lumo malfermis vojon tra la pergoligitaj vitroj kaj helpis sufiĉe distingigi la plej elstarantajn objektojn de la ĉirkaŭejo; la rigardo penadis sensukcese tamen atingi la plej malproksimajn angulojn de la ĉambro kaj la kaŝanguletojn de la volbigita kaj fretigita plafono. Malhelaj drapaĵoj surpendis la murojn. La ĝenerala meblaro estis abunda, senkomforta, antikva kaj ĉifona. Multaj libroj kaj muzikiloj ĉirkaŭkuŝis en sporada aranĝo, sed sen vigligi la scenon. Mi sentis min kvazaŭ enspiri etoson de malĝojo. Aspekto de severa, profunda kaj nereaĉetebla melankolio surpendis kaj trapenetris ĉion.

Je mia eniro, Uŝero stariĝis el sofo sur kiu li kuŝis

119

plenlonge kaj min salutis kun vigla varmeco kiu enhavis, laŭ mia unua takso, iom troigitan afablecon—la retenitan agon de enuigita mondcivitano. Ekrigardeto tamen sur lian vizaĝon min konvinkis pri lia nepra sincereco. Ni sidiĝis kaj dum kelkaj momentoj, dum li diris nenian vorton, mi lin spektadis kun sento duonkompata, duonmira. Efektive, neniam antaŭe viro tiom multe ŝanĝiĝis en tiom mallonga periodo kiom Roderiko Uŝero! Nur malfacile mi sukcesis rekoni en la pala estaĵo sidanta antaŭ mi la kunulon de mia frua knabeco. Tamen la karaktero de lia vizaĝo estintis en ĉiuj momentoj rimarkinda. Kadavera haŭtkoloro; okuloj grandaj, likvaĵaj, preterkompare lumaj; lipoj iom maldikaj kaj ege palaj, sed havantaj belegan kurbiĝon; nazo de delikata hebrea formo, sed kun larĝeco de spirtruoj malkutima en similaj korperoj; gracie muldita mentono, indikanta pro sia manko de prominenco mankon de morala energio; hararo de pli ol retaspekta moleco kaj maldenseco; tiuj trajtoj, kun preterkutima etendiĝo super la regionoj de la tempio, kunkonsistigis vizaĝon malfacile forgesotan. Kaj nun en la nura troigo de la reganta karaktero de tiuj trajtoj, kaj de la mieno kiun ili kutimis elmontri, vidiĝis tioma ŝanĝiĝo ke mi malcertis al kiu mi parolis. La nun makabra paleco de la haŭto, kaj la nun mirakla heleco de la okuloj, antaŭ ĉio surprizis kaj eĉ mirigis min. Cetere la silkan hararon li permesintis kreski senatente, kaj dum, en sia sovaĝa filandra teksturo, ĝi ne falis, sed ŝvebis ĉirkaŭ la vizaĝo, mi malscipovis, eĉ strebegante, rilatigi tiun arabeskan mienon kun iu ajn koncepto pri simpla humaneco.

En la maniero de mia amiko tujege mirigis min ioma nekohereco, ioma nekonstanteco; kaj baldaŭ mi konsciis ke tio fontas el sinsekvo da malfortaj kaj malutilaj baraktoj supervenki kutiman trepidadon—troabundan nervozan maltrankvilon. Por io de tiu speco efektive jam min pretigis ne nur lia letero, sed ankaŭ memoraĵoj pri kelkaj knabecaj trajtoj, kaj konkludoj estigitaj de liaj strangaj fizika strukturo kaj temperamento. Lia farado estis alterne viveca kaj paŭta. Lia voĉo ŝanĝiĝis rapide de trema hezitado (kiam liaj animalaj spiritoj ŝajnis stari en nepra kadukeco) al tiu speco de energia

120

precizado—tiu abrupta, peza, senurĝa, kavernsona eldirmaniero—tiu plumba, memekvilibrita kaj sendifekte modulita guturala eldirarto kiun ni konstatas ĉe la perdita ebriulo aŭ la malrevalorigebla opimanĝanto, dum la periodoj de lia plej intensa ekscitiĝo.

Estis tial ke li parolis pri la celo de mia vizito, pri sia sincera deziro vidi min, kaj la konsolo kiun li atendis ke mi liveru al li. Li diskutis, iom longadetale, kion li konsideris esti la karaktero de lia malsano. Temis, li diris, pri konstitucia kaj familia malico pri kiu li malesperas malkovri solvon—simpla nervoza kondiĉo, li aldonis tujege, kiu baldaŭ sendube forpasos. Tio sin elmontris en arego da kontraŭnaturaj sensacoj. Kelkaj el tiuj, dum li priskribis ilin, min interesis kaj mistifikis; kvankam, eble, la terminoj kaj la ĝenerala maniero de la rakontado min surpezis. Li multe suferis pro morba akreco de la sensoj; nur la plej sensaporaj manĝaĵoj tolereblis al li; lia korpo konsentis surporti nur vestaĵojn havantajn specialan teksturon; lin ĝenis la odoroj de ĉiuj floroj; torturis liajn okulojn eĉ la plej malforta lumo; kaj nur kelkaj apartaj sonoj, tiuj de kordinstrumentoj, malsukcesis plenigi lin je hororo.

De anomalia terurspecio mi taksis lin servodevigita sklavo. "Mi pereos," li diris, "*devige* mi pereos en tiu lamentinda frenezio. Tiel, tiel, kaj en nenia alia maniero, mi finperdiĝos. Mi timegas la eventojn de la estonteco, ne pro ili mem, sed pro iliaj rezultoj. Mi tremegas antaŭ la penso pri iu ajn okazontaĵo, eĉ la plej sensignifa, povonta estigi premon sur tiun netolereblan maltrankvilon de animo. Mi spertas, efektive, nenian malamon al danĝero, krom rilate al ties nepra rezulto—teruro. En tiu senkuraĝa—en tiu bedaŭrinda stato—mi pensas ke baldaŭ aŭ post baldaŭ alvenos la periodo kiam necesos ke mi forlasu mian vivon kaj mian mensan sanon kune, okaze de iu lukto kun la makabra fantomo: TIMO."

Mi eksciis, aldone, iom post iom, kaj pere de interrompitaj kaj dubasencaj indicoj, ceteran malkomunan trajton de lia mensa stato. Katenis lin kelkaj superstiĉaj efektoj rilate al la domo kiun li enloĝis kaj kiun, jam de multaj jaroj, li neniam eliris—pro influo kies supozita potenco li priskribis al mi en terminoj tro malklaraj por ke mi ilin ripetu ĉi-tie—influo efektivigita sur lian spiriton, rezulte de longa suferado, li diris, far kelkaj strangaĵoj de la nuraj formo kaj substanco de lia familia domego—efekto kiun la aspekto de la grizaj muroj kaj turetoj, kaj de la malklara lageto kiun enrigardis tiuj ĉiuj, trudis finfine al la *spirito* de lia ekzisto.

Li agnoskis tamen, kvankam hezite, ke granda parto de la stranga malĝojo kiu lin tiel torturis devenis sendube de pli natura kaj ege pli palpebla fonto—de la severa kaj longe daŭranta malsano—efektive de la verŝajne okazonta dissiĝo— de tenere amata fratino—lia sola kunestanto dum longaj jaroj— lia lasta kaj sola parenco en la mondo. "Ŝia forpaso," li diris, kun amareco kiun neniam mi forgesos, "lin postlasos (lin la senesperan kaj la malfortan) la lasta de la antikva Uŝero-gento." Dum li parolis, Damo Madelino (ĉar tiel ŝi nomiĝis) trapasis malrapide foran parton de la ĉambro kaj, sen konscii pri mia ĉeesto, malaperis. Mi rigardis ŝin kun nepra surprizo kunmiksita kun timego—tamen mi malsukcesis ekspliki tiajn sentojn. Sensaco de stuporo ekpremis min dum mia rigardo postsekvis ŝiajn forirantajn paŝojn. Kiam iu pordo fermiĝis finfine post ŝi, mia rigardo serĉis instinkte kaj avide la vizaĝon de la frato—sed li kaŝintis ĝin en la manoj kaj mi rimarkis nur tion ke pli ol kutima paleco sterniĝis sur la marasmaj fingroj tra kiuj gutetis multaj pasiaj larmoj.

La malsano de Damo Madelino jam longan tempon rezistis la lertecon de ŝiaj kuracistoj. Konstanta apatio, iompostioma forvelkado de la persono, kaj oftaj kvankam efemeraj tendencoj de parte katalepsia karaktero estis la malkutima diagnozo. Ĝis nun ŝi kontraŭstaris senmanke la premon de sia malsano kaj malkonsentis finfine sin enlitigi; sed dum la vespero de mia alveno ĉe la domo, ŝi cedis (kiel ŝia frato min informis en la nokto kun nedirebla maltrankvilego) al la sterna potenco de la detruanto; kaj mi eksciis ke la ekvido ĝuita de mi pri ŝia persono estos sendube la lasta kiun mi ĝuos—ke la damon, almenaŭ en viva stato, mi ne plu vidos.

Dum pluraj sekvintaj tagoj ŝian nomon menciis nek Uŝero nek mi; kaj dum tiu periodo mi min okupis pri seriozaj klopodoj mildigi la melankolion de mia amiko. Ni kunpentris kaj kunlegis; aŭ mi aŭskultis, kvazaŭ en songo, la sovaĝajn improvizadojn de lia parolanta gitaro. Kaj tial, dum pli kaj pli intima proksimeco kondukis min pli kaj pli senrezerve en la kaŝejojn de lia spirito, des pli amare mi konsciis la senutilon de ĉiu klopodo feliĉigi menson el kiu malheleco, kvazaŭ iminenta pozitiva valoro, elverŝiĝis sur ĉiujn objektojn de la morala kaj la fizika universo, en unu senĉesa radiado de malĝojo.

Ĉiam mi retenos memorâjon pri la multaj solenaj horoj kiujn mi pasigis tiumaniere en soleco kun la mastro de Uŝero-Domo. Tamen malsukcese mi entreprenus transliveri ideon pri la preciza karaktero de la studoj aŭ la okupadoj en kiuj li min aktivigis aŭ al kiuj li malfermis al mi la vojon. Ekscitiĝema kaj ege kolerema idealismo ĵetis sulfuran glaceon sur ĉion. Liaj longaj improvizitaj lamentokantoj sin aŭdigos ĉiam en miaj oreloj. Inter aliaj kantoj, mi retenas dolorige en la menso apartan malkutiman perversâjon kaj ampleksâjon pri la sovaĝa melodio de la lasta valso de Fon-Vebero. El la pentrâjoj pri kiuj meditadis lia komplika fantazio, kaj kiuj kreskis, tuŝon post tuŝo, en svagecon pri kiu mi tremegis des pli entuziasme, ĉar mi tremegis sen konscii la kialon;—el la pentrâjoj (tiom vivecaj iliaj bildoj postrestas nun antaŭ mi) vane mi penadis eligi pli ol eta parto disponebla al la traktopovo de nuraj vortoj. Pro la nepra simpleco, pro la nudeco de siaj desegnâjoj, li altiris kaj mirigis atenton. Se iam homa estâjo pentris ideon, tiu estâjo estis Roderiko Uŝero. Por mi almenaŭ—en la cirkonstancoj tiam min ĉirkaŭantaj—elleviĝis el la puraj abstraktâjoj kiujn la hipokondriulo penadis ĵeti sur sian drelikon, intenseco de netolerebla mirego, de kiu nenian ombron mi sentis eĉ ĝis nun starante en kontemplado antaŭ la agnoskite brilaj tamen tro konkretaj revâjoj de Fuselio.

Unu el la fantasmagoriaj konceptâjoj de mia amiko, partoprenantan malpli rigide en la spirito de abstraktado, mi penadu priskribi, kvankam nur ombrakopie, en vortoj. Malgranda pentrâjo bildigis la internâjon de ege longa kaj ortangula volbo aŭ tunelo, kun malaltaj muroj, glataj, blankaj, seninterrompaj, senaparataj. Kelkaj akcesoraj trajtoj de la desegnaĵo bone agis por komprenigi ke ĉi tiu elfosaĵo situas je ege profunda distanco sub la surfaco de la tero. Nenia elirejo videblis en iu ajn parto de ties vasta etendaĵo, kaj vidiĝis nenia torĉo nek alia artefarita lumfonto; tamen tajdego de intensaj radioj transruliĝis ĉie kaj banis la tutaĵon en makabra kaj maldeca pompo.

Mi ĵus parolis pri tiu morba stato de la aŭdnervo kiu netolerebligis al la suferanto ĉiun muzikon, krom kelkaj efektoj de kordinstrumentoj. Estis, eble, la mallarĝaj etendoj al kiuj li sin limigis sur la gitaro kiuj naskigis, grandaparte, la fantazian karakteron de liaj prezentadoj. Sed la arda *facileco* de liaj *improvizadoj* maleksplikeblis. Ili fontis, verŝajne, kaj en la notoj kaj en la vortoj de liaj strangaj fantaziaĵoj (ĉar ne malofte li sin akompanis per vortrimaj improvizaĵoj) el tiuj intensaj mensaj sinatento kaj koncentrado kiujn mi menciis antaŭe, observeblajn, laŭ mia diraĵo, nur dum apartaj momentoj de la plej alta artefarita ekscitiĝo. La vortojn de unu el tiuj rapsodioj mi facile memoras. Ĝi imponis al mi des pli forte, eble, tia kian li ĝin havigis al mi, ĉar en la suba aŭ mistika fluo de ties signifo mi kredis percepti, kaj je la unua fojo, plenan konscion ĉe Uŝero pri la ŝanceliĝado de lia altnivela racio sur ties trono. La versoj, kiuj titoliĝis "La Hantita Palaco," tekstis proksimume, se ne laŭvorte, jene:

I

En la plej verda el niaj valoj,
De bonaj anĝeloj enloĝata,
Foje bela kaj eleganta palaco—
Radianta palaco—levis la kapon.
En la dominio de monarko Penso—
Ĝi staris tie!
Neniam serafo etendis flugilon
Super teksaĵo eĉ duone tiel bela.

II

Standardoj flavaj, gloraj, orkoloraj,
Sur ties tegmento flirtis kaj ŝvebis;
(Tio—ĉio tio—okazis en la antikva
Tempo de multantaŭaj tagoj)

Kaj ĉiu delikata venteto kiu lantis,
En tiu dolĉa tiamo,
Laŭ la remparoj, plumhava kaj pala,
Foriris estiĝinte flugilhava odoro.

III

Vagpromenantoj en tiu feliĉa valo
Tra du brillumaj fenestroj vidis
Spiritojn moviĝantajn muzike
Laŭ bone agordita liutleĝo,
Ĉirkaŭ trono, kie sidante
(Nova Porfirio!)
En majesteco konforma kun lia gloro,
Videblis la estro de la regno.

IV

Kaj tute perl- kaj rubenbrila
Estis la bela palacopordego,
Tra kiu alvenis fluante, fluante, fluante
Kaj senĉese scintilante,
Eĥoaro kies sola plaĉa
Tasko estis laŭdkanti,
En voĉoj de supera beleco,
La spriton kaj la saĝecon de sia rego.

V

Sed malicaĵoj, en roboj de malĝojo,
Atakis la altan bienon de la monarko;
(Ho, ni lamentu, ĉar neniam nova mateno
Tagiĝos super li, ĉagrenito!)
Kaj, ĉirkaŭ lia loĝejo, la gloro
Kiu ruĝiĝis kaj ekfloris
Estas nur malhele memorita legendo
Pri enterigitaj tempoj.

VI

Kaj hodiaŭaj vojaĝantoj en tiu valo,
Tra la ruĝlumaj fenestroj, vidas
Vastajn formojn kiuj moviĝas fantazie
Laŭ disonanca melodio;
Dum, kvazaŭ rapida makabra rivero,

Tra la pala pordego,
Malbelega estaĵaro elhastas senĉese,
Kaj ridas—sed ne plu ridetas.

Mi bone memoras ke sugestoj estigitaj de tiu balado nin kondukis en pensvojon sur kiu evidentiĝis opinio de Uŝero kiun mi mencias malpli pro ties noveco (ĉar aliaj homoj tiel opiniis) ol pro la persisto kun kiu li ĝin proponis. Tiu opinio, en ties ĝenerala formo, asertis la sensivecon de ĉiuj vegetaĵoj. Sed, en lia malbonordita fantazio la opinio alprenis pli aŭdacan karakteron kaj transpaŝis, en kelkaj kondiĉoj, en la regnon de aferoj neorganikaj. Mankas al mi vortoj por esprimi la tutan etendon aŭ la sinceran *entuziasmon* de lia konvinko. La kredo tamen rilatis (kiel mi sugestetis antaŭe) al la grizaj ŝtonoj de la loĝejo de liaj antaŭpatroj. La kondiĉoj de la sensiveco plenumiĝis, li imagis, en la aranĝsistemo de tiuj ŝtonoj—en la ordo laŭ kiu ili estis apudmetitaj, kaj ankaŭ en tiu de la multaj fungoj sternitaj sur ili kaj de la putrintaj arboj ĉirkaŭstarantaj—antaŭ ĉio en la longtempa seninterrompa daŭro de tiu aranĝo kaj en ties duobligo en la trankvilaj akvoj de la lageto. La indicaro—la indicaro pri tiu sensiveco—videblis, li diris, (kaj ĉi tie mi eksaltetis dum li parolis) en la iompostioma tamen neprega kondensado de propra atmosfero ilia ĉirkaŭ la akvoj kaj la muroj. La rezulto elmontriĝis, li aldonis, en tiu silenta, tamen ĝenega kaj terura influo forminta dum jarcentoj la sortojn de lia familio, kaj farinta de *li* tion kion mi vidis—tion kio li nun estis. Komentadon tiaj opinioj malbezonas kaj neniajn komentojn mi faru.

Niaj libroj—la libroj konsistingintaj dum jaroj ne malgrandan parton de la mensa ekzisto de la malsanulo—nepre taŭgis, kiel oni rajtas supozi, al tiu fantoma karaktero. Ni kunstudis atentege verkojn kiel *Verdverdo kaj Verdflavo* de Graseto; *Belfegoro* de Makjavelio; *Ĉielo kaj Infero* de Svedenborgo; *La Subtera Vojaĝo de Nikolao Klimo* de Holbergo; *Kiromancio* de Roberto Fludo, tiun de Johano de Indaĝineo, kaj tiun de Delaĉambro; *Vojaĝo en la Bluan Distancon* de Tiko, kaj *Urbo de la Suno* de Kampanelo. Nia plej ŝatata volumo estis malgranda oktava eldono de *Directorium Inquisitorium*, de la Dominikano Ejmeriko de Ĝirono; kaj estis partaĵoj de *Pomponius Mela*, pri la malnovaj afrikaj satirusoj kaj egiptaĵoj super kiuj Uŝero sidis en primeditado dum horoj. Plejmulte plaĉis al li tamen tralegi precipe raran kaj kuriozan libron en kvartaj gotikaĵoj—manlibron de forgesita eklezio—*Vigiliae Mortuorum Chorum Ecclesiae Maguntinae*.

Mi malsukcesis malpensi pri la sovaĝa ceremoniaro de tiu verko kaj ties probabla influo sur la hipokondriulon kiam, iun vesperon, dirinte abrupte al mi ke Damo Madelino ne plu ekzistas, li deklaris sian intencon konservi ŝian kadavron dum du semajnoj (antaŭ ties fina enterigo) en unu el la multaj keloj situantaj interne de la ĉefmuroj de la konstruaĵo. La praktikan kialon tamen por tiu malkutima procedo mi pensis malhavi la rajton kontraŭstari. Kondukis la fraton al tiu decido (tiel li diris al mi) lia konsiderado pri la malkutima karaktero de la malsano de la mortinto, kelkaj maldiskretaj kaj avidaj demandoj flanke de ŝiaj kuracistoj, kaj la fora kaj malkaŝita loko de la familia tombejo. Mi malneu ke, rememorante la sinistran mienon de la homo kiun mi renkontis sur la ŝtuparo en la tago de mia alveno ĉe la domo, mi sentis nenian deziron malaprobi kion mi taksis plej favore maldanĝera kaj neniel kontraŭnatura antaŭzorgo.

Responde al la peto de Uŝero, personamane mi helpis lin aranĝi la provizoran entombigon. Kiam la kadavro ekestis en la ĉerko, ni ambaŭ, kaj nur ni, ĝin alportis al ties ripozejo. La kelo en kiu ni ĝin deponis (kaj kiu dum tiom longa tempo restintis en fermado ke niaj torĉoj, duonsufokite en ĝia prema atmosfero, disponigis al ni malmultan oportunon por kontrolado) estis malgranda, malseka kaj nepre malhavis rimedon per kiu enirigi lumon; lokiĝante, je granda profundeco, neprege sub tiu parto de la konstruaĵo kiun enestis mia persona ĉambraro. Ĝi plenumis, verŝajne, en foraj feŭdaj epokoj, la malbonegan rolon de karcero kaj, en postaj tagoj, tiun de deponejo por pulvo aŭ alia ege bruliva materio, ĉar parto de ties planko, kaj la tuta internaĵo de longa arkopasejo tra kiu ni ĝin atingis, estis zorge tegita je kupro. La pordego, farite el masiva fero, estis simile ŝirmita. Ĝia pezego faris malkutime akutan raspan sonon dum ĝi moviĝis sur siaj ĉarniroj.

Subenmetinte nian malĝojigan ŝarĝon sur stablojn en tiu regiono de hororo, ni iom flankenturnis la ankoraŭ malŝraŭbitan kovrilon de la ĉerko kaj rigardis la vizaĝon de la enloĝanto. Rimarkinda simileco inter frato kaj fratino nun je la unua fojo altiris mian atenton; kaj Uŝero, diveninte eble miajn pensojn, elmurmuris kelkajn vortojn informantajn ke la mortinto kaj li estis geĝemeloj kaj ke ĉiam ekzistis inter ili simpatioj de apenaŭ komprenebla karaktero. Niaj rigardoj restis tamen malmultlonge sur la virino—ĉar maleblis ŝin rigardi senmire. La malsano tiel entombiginta ŝin en la pleneco de la juneco, postlasis, kiel ofte okazas en ĉiuj malsanoj de ege katalepsia karaktero, la similaĵon de pala ruĝiĝo sur la brusto kaj la vizaĝo, kaj sur la lipoj tiun suspektinde lantan rideton kiu estas tiel terura en la morto. Ni remetis kaj ŝraŭbfiksis la kovrilon kaj, ŝlosinte la feran pordegon, sekvis nian vojon, penadege, ĝis la apenaŭ malpli malgajajn ĉambrarojn de la supra parto de la domo.

Kaj nun, post kelkaj tagoj de amara lamentado, videbla ŝanĝiĝo agis sur la trajtojn de la mensa malsano de mia amiko. Lia kutima maniero malaperis. Siajn ordinarajn okupojn li malatentis aŭ forgesis. Li vagiradis de ĉambro al ĉambro kun hasta, malkonstanta kaj sencela paŝo. La paleco de lia vizaĝo alprenis, se tiaĵo eblas, pli makabran koloron—sed la lumeco de liaj okuloj nepre estingiĝintis. La antaŭe malofta raŭketeco de lia voĉo ne plu aŭdiĝis; kaj tremega vibradeto, kvazaŭ kaŭzite de nepra teruro, karakterizis seninterrompe lian eldiradon. Estis momentoj, efektive, kiam mi pensis ke lia senĉese agitata menso baraktas sub la pezo de iu premega sekreto por malkovri kiun li penadas naskigi la bezonatan kuraĝon. Alifoje mi devis konkludi ke ĉio nur fontas el la malklarigeblaj kapricoj de la frenezio, ĉar mi vidis lin spektadi malplenejojn dum horoj, en pozo de la plej profunda atento, kvazaŭ aŭskultante iun imagan sonon. Malmirinde estas ke lia kondiĉo min teruris—min infektis. Mi sentis supervenketi min, ŝtelpaŝe sed konstantaritme, la sovaĝajn influojn de liaj personaj fantaziaj tamen imponegaj superstiĉoj.

Estis precipe, kiam mi enlitiĝis malfruhore en la nokto de la sep-oka tago post kiam ni deponis Damon Madelinon en la karceron, ke mi spertis la plenan potencon de tiaj sentoj. La dormo malkonsentis alproksimiĝi mian liton—dum pli kaj pli forlantis la horoj. Mi penadis nuligi per logika rezonado la nervozecon kiu min regis. Mi strebis kredi ke pri granda parto, se ne pri la tutaĵo de tio kion mi sentis, respondecas la mistifika influo de la morna meblaro de la ĉambro—la malhelaj kaj ĉifonigitaj drapaĵoj kiuj, torture ekvigligite far la spirado de leviĝanta ŝtormo, ŝanceliĝis maltrankvile tien kaj reen sur la muroj kaj susuris malcerte inter la ornamaĵoj de la lito. Sed miaj klopodoj vanis. Malbridebla tremado invadis iom post iom mian korpon; kaj, finfine, sur mian koron mem sidiĝis inkubo de nepre senkiala timo. Forskuante tion per anhelo kaj luktogesto, mi min levis sur la kusenoj kaj, sincerege fiksrigardante la intensan malhelon de la ĉambro, aŭskultis— mi malscias la kialon, sed instinkta spirito min instigis— kelkajn mallaŭtajn kaj malklarajn sonojn devenantajn, tra la paŭzoj de la ŝtormo, kaj je longaj intertempoj, mi malsciis de kie. Supervenkite de intensa sento de hororo, neklarigebla kaj netolerebla, ĵethaste mi vestiĝis (ĉar mi pensis ne plu povi dormi dum la nokto) kaj strebis min eligi el la lamentinda kondiĉo en kiun mi falintis, per rapida ĉirkaŭpromenado, tien kaj reen , en la ĉambraro.

Mi plenumis nur kelkajn ĉirkaŭiradojn en tiu maniero kiam malpeza paŝsono sur najbara ŝtuparo min atentigis. Baldaŭ mi ĝin rekonis kiel tiun de Uŝero. La sekvintan momenton li frapsonis, kun delikata tuŝo, ĉe mia pordo kaj eniris, portante lampon. Lia vizaĝo estis, kiel kutime, kadavre pala—sed aldone enestis lian rigardon speco de freneza ĝojego— en lia tuta konduto vidiĝis speco de verŝajne retenita *histerio*. Lia maniero min konsternegis—sed io ajn prefereblis al la soleco kiun mi tolerintis dum tiom longa tempo, kaj mi eĉ antaŭĝuis lian kuneston kiel konsolon.

"Kaj ĉu vi ĝin ne vidis?" li diris abrupte, ĉirkaŭrigardinte fikse en silento dum kelkaj momentoj—"ĉu tial vi ne vidis ĝin?—nu, atendu! ĝin vi ja vidos." Tiel parolinte, kaj zorge ŝirminte sian lampon, li hastis al unu el la fenestroklapoj kaj ĵetgeste malfermis ĝin libere antaŭ la ŝtormo.

La impeta kolerego de la eniranta vento preskaŭ nin levis de sur la piedoj. Temis, efektive, pri ŝtorma tamen severe bela nokto, nokto sovaĝe aparta pro sia teruro kaj sia beleco. Verŝajne kirlventego kunamasigintis sian potencon en nia ĉirkaŭejo; ĉar okazis oftaj kaj fortegaj ŝanĝiĝoj de la blovdirekto de la vento; kaj la preterkutima denseco de la nuboj (kiuj pendis tiel malsupre ke ili premis la turetojn de la domo) ne malhelpis nin percepti la vivecan viglecon je kiuj ili flugis de ĉiuj punktoj unuj kontraŭ la aliajn, sen foriri en la distancon. Mi diras ke eĉ ilia preterkutima denseco ne malhelpis nin percepti tion—tamen ni ĝuis nenian ekvidon pri la luno aŭ la steloj—nek okazis iu ajn ekbrilo de fulmo. Sed la subaj surfacoj de la enormaj kunamasoj de agitita vaporo, aldone al ĉiuj surteraj objektoj nin proksime ĉirkaŭantaj, ardis en la kontraŭnatura lumo de malklare scintila kaj klare videbla gasa elspiraĵo kiu ĉirkaŭpendis kaj vualis la domegon.

"Vi malrigardu—vi nepre malrigardu tion!" mi diris, tremegante, al Uŝero, dum mi lin kondukis, kun delikata perforto, de la fenestro ĝis seĝo. "Ĉi tiuj aperaĵoj, kiuj vin konsternas, estas nur ne malkutimaj elektraj fenomenoj—aŭ povas esti ke ilia makabra naskiĝo fontas el la fetora miasmo de la lageto. Ni fermu tiun klapon; la aero estas malvarmiga kaj minacas vian korpon. Jen estas unu el viaj plej ŝatataj aventurromanoj. Mi legu kaj vi aŭskultu; kaj tiel kune ni forpasigu ĉi tiun teruran nokton."

La antikva volumo enmanigita de mi estis *Freneza Rendevuo* de Kavaliro Lanceloto Kaningo; sed pli por maltaŭga ŝerco ol por serioza aserto mi nomis ĝin plej ŝatata libro de Uŝero; ĉar, efektive, ĝia maldeca kaj senimaga longeco enhavis malmulton povantan interesi la altan kaj spiritan idealecon de mia amiko. Ĝi estis tamen la sola ĉemana libro; kaj mi nutris svagan esperon ke en la ekstremismo mem de la malsaĝaĵo kiun mi deziris legi (ĉar la historio de mensaj malsanoj plenas je similaj anomalioj) trovos malstreĉiĝon la ekscitiĝo nun agitanta la hipokondriulon. Se mi kuraĝintus taksi la situacion, efektive, laŭ la freneza trostreĉita mieno de entuziasmo kun kiu li aŭskultis, aŭ ŝajnigis aŭskulti, la vortojn de la rakonto, eble mi rajtintus min gratuli pri la sukceso de mia procedo.

Mi alvenintis tiun bone konatan parton de la rakonto kie Etelredo, heroo de la Rendevuo, malsukcesinte peti pacan eniron en la loĝejon de la ermito, entreprenas eniri perforte. Ĉi tie, oni memoru, la rakonto tekstas jene:

"Kaj Etelredo, kiu havis nature kuraĝan koron kaj kiu estis nun des pli forta pro la potenco de la vino kiun li trinkintis, ne plu prokrastis alparoli la ermiton, kiu havis, verdire, obstinan kaj malican karakteron, sed, sentante la pluvon sur siajn ŝultrojn, kaj timante pligrandiĝon de la ŝtormo, levis senhezite sian klabon, kaj, per batoj, rapide faris malfermaĵon por sia gantita mano en la lignaĵoj de la pordo; kaj nun tirante fortege, li tiel fendis kaj frakasis kaj disigis ĉion ke la bruo de la seka kaj kavsona ligno forsendis eĥoan alarmsignalon en la tutan arbaron."

Je la fino de tiu frazo mi eksaltetis kaj, dum momento, paŭzis; ĉar ŝajnis al mi (kvankam tujege mi konkludis ke mia ekscitita fantazio min trompis)—ŝajnis al mi ke, el iu forega parto de la domego atingis, malklare, miajn orelojn, io povanta esti, en sia preciza simileco de karaktero, la eĥado (tamen sufokita kaj mallaŭta, kompreneble) de la krak- kaj frakassonoj mem kiujn Kavaliro Lanceloto tiom zorgadetale priskribis. Estis, sendube, nur la koincido kiu fikstenis mian atenton; ĉar, inter la klakado de la fenestroklapoj kaj la kutimaj kunmiksitaj bruoj de la ade plifortiĝanta ŝtormo, la sono enhavis en si mem nenion, certe, rajtantan min interesi aŭ perturbi. Mi daŭrigis la rakonton:

"Sed la brava ĉampiono Etelredo, nun trairinte la pordon, ege koleriĝis kaj mistifikiĝis perceptante nenian signon pri la malica ermito; sed, anstataŭe, renkontante drakon de skvama kaj granddimensia aspekto kaj fajra lango, sidantan en gardpozo antaŭ palaco de oro, kun planko de arĝento; kaj sur la muro pendis ŝildo de brila latuno surportanta tiun surskribon:

Konkerinto estas kiu ĉi-tien eniras;
Gajnos la ŝildon kiu pereigos la drakon;

kaj Etelredo levis la klabon kaj frapis la kapon de la drako, kiu falis antaŭ li, kaj liveris sian pestan spiradon kun ŝirkriego tiel terura kaj raŭka, kaj krome tiel penetranta, ke Etelredo sentis la deziron manfermi la orelojn kontraŭ ties timigega bruo, kies ekvivalento neniam antaŭe aŭdiĝis."

Ĉi tie denove mi paŭzis abrupte, kaj spertis nun senton de sovaĝa mirego—ĉar nepre maleblis dubi, en la nuna kazo, ke efektive mi aŭdis (kvankam el kiu direkto ĝi fontis mi malsukcesis diri) mallaŭtan kaj ŝajne foran, tamen raŭkan, daŭran kaj preterkutiman kri- aŭ gratsonon—la nepran ekvivalenton de tio kion mia imago jam naskiĝis por la kontraŭnatura kriego de la drako tia kian priskribis la rakontisto.

Premite, kiel mi ja estis, je la okazo de la dua kaj eksterordinarega koincido, far mil kontraŭstarantaj sensacoj, en kiuj superis miro kaj terurego, mi retenis tamen sufiĉan spiritopretecon por eviti eksciti, per iu ajn komento, la sentivan nervozecon de mia kunestanto. Mi nepre malcertis ĉu li rimarkis la koncernajn sonojn; kvankam, efektive, dum la lastaj kelkaj minutoj okazis stranga ŝanĝiĝo en lia konduto. De pozicio alfrontinta la mian, iom post iom li ĉirkaŭmovis sian seĝon ĝis ĝin postenigi en alfrontado al la ĉambropordo; tial mi ĝuis nur duonvidon pri liaj trajtoj kvankam mi konsciis ke liaj lipoj tremetas, kvazaŭ en neaŭdebla murmurado. Lia kapo falintis sur sian bruston—sed mi certis ke li ne estas en la dormo, pro la larĝa kaj rigida malfermaĵo de la okulo kiam mi ekvidetis ĝin en profilo. La emocio de lia korpo, cetere, malakordis kun tiu pensado—ĉar li ŝanceliĝis de flanko al flanko kun delikata tamen konstanta kaj senŝanĝa svingado. Rapide konsciinte pri ĉio tio, mi reprenis la rakonton de Lanceloto, kiu tekstis jene:

"Kaj nun la ĉampiono, eskapinte el la terura furiozo de la drako, pripensante la latunan ŝildon kaj la rompon de la ĉarmo ĝin surkuŝanta, forigis la kadavron de sur la vojo antaŭ si kaj alproksimiĝis kuraĝe trans la arĝentan pavimon de la kastelo ĝis la muro kie pendis la ŝildo; kiu verdire ne atendis lian finalvenon, sed sin faligis ĉe liaj piedoj sur la arĝentan plankon kun grandega kaj sonorega bruaĉo."

Tujege post kiam tiuj silaboj trapasis miajn lipojn—kvazaŭ efektive en tiu momento latuna ŝildo falis peze sur arĝentan plankon—mi perceptis distingan, kavsonan, metalan kaj sonoregan, sed ŝajne dampitan reeĥadon. Entute maltrankviligite, mi stariĝis eksalte; sed la konstanta sinlulado de Uŝero daŭris seninterrompe. Mi alhastis la seĝon sur kiu li sidis. Lia rigardo estis fiksfleksita antaŭ li kaj tra lia tuta vizaĝo regis ŝtona rigideco. Sed, dum mi metis la manon sur lian ŝultron, forta tremego skuis lian tutan korpon; malsaneca rideto tremetis ĉirkaŭ liaj lipoj; kaj mi vidis ke li parolas en mallaŭta, hasta, galimatia murmurado, kvazaŭ malkonsciante pri mia ĉeesto. Kliniĝante proksime super li, finfine mi komprenis la teruran signifon de liaj vortoj.

"Malaŭdi ĝin?—tute kontraŭe, mi ja aŭdas ĝin kaj jam antaŭe ĝin aŭdis. De longaj—longaj—longaj—multaj minutoj, multaj horoj, multaj tagoj, mi aŭdas ĝin—tamen mi malkuraĝis—ho, kompatu min, mizeran mizerulon kiu mi estas!—mankis al mi la kuraĝo—mankis la *kuraĝo* ekparoli! *Ni entombigis ŝin viva!* Ĉu mi ne diris ke miaj sensoj estas akutaj? Mi *nun* diru al vi ke mi aŭdis ŝiajn unuajn malfortajn moviĝojn en la kava ĉerko. Mi aŭdis ilin—antaŭ multaj, multaj tagoj— tamen mankis al mi la kuraĝo—*mankis la kuraĝo ekparoli*! Kaj nun—hodiaŭnokte—Etelredo—ho! ho!—la rompo de la pordo de la ermito, kaj la mortokriego de la drako, kaj la sonorego de la ŝildo!—ni diru, anstataŭe, la frakaso de ŝia ĉerko kaj la grincado de la feraj ĉarniroj de la karcero kaj ŝiaj baraktoj interne de la latuntegita arkopasejo de la kelo! Ho, kien mi forrapidu? Ĉu baldaŭege ŝi ne aperos ĉi tie? Ĉu ŝi ne hastas por riproĉi min pri mia senkonsiderado? Ĉu mi ne aŭdis ŝiajn paŝojn sur la ŝtuparo?—Ĉu mi ne perceptas tiun pezan kaj teruran batadon de ŝia koro? FRENEZULO!" Ĉi tie li saltstariĝis furioze, elkriegante siajn silabojn, kvazaŭ en la strebado li rezignus sian animon. "FRENEZULO! MI DIRAS AL VI KE ŜI NUN STARAS ALIFLANKE DE LA PORDO!"

133

Kvazaŭ en la preterhoma energio de lia eldiro eltroviĝis la potenco de iu sorĉo—la grandegaj antikvaj paneloj kiujn la parolinto indikis pergeste, malfermis malrapide, en tiu momento, siajn pezegajn kaj ebonajn makzelojn. Tio estis la faro de la hastega ekblovo—sed tiam ekstere de tiuj pordoj ja staris la alta kaj envolvita figuro de Damo Madelino de Uŝero. Estis sango sur ŝiaj blankaj roboj kaj la indicoj de kruela luktado sur ĉiu haŭtero de ŝia marasmigita framo. Dum momento ŝi restis tremante kaj ŝanceliĝante de flanko al flanko sur la sojlo, tiam, kun mallaŭta ĝemanta krio, enfalis pezege sur la korpon de sia frato kaj en siaj perfortaj kaj nun finaj mortodoloregoj, lin faligis surplanken, kadavron kaj viktimon de la teruroj kiujn li antaŭtimis.

El tiu ĉambro kaj el tiu domego mi fuĝis konsternigite. La ŝtormo daŭre agis kun sia tuta furiozo dum mi min trovis transiranta la malnovan digvojon. Subite pafiris laŭ la vojo sovaĝa lumo kaj mi turniĝis por vidi de kie devenis tiel malkutima brilego; ĉar restis malantaŭ mi nur la vasta domo kaj ties ombroj. La brilego fontis el plena, subiĝanta, sangoruĝa luno kiu nun scintilis klarege tra tiu antaŭe apenaŭ videbla fendiĝo kiu, laŭ mia pli frua priskribo, etendiĝis ekde la tegmento de la konstruaĵo, en zigzaga direkto, ĝis ties bazo. Dum mi spektadis, tiu fendiĝo plilarĝiĝis rapidege—sentiĝis feroca ekspiro de la kirlvento—la tuta orbo de la satelito aperis subite antaŭ mia rigardo—mia cerbo ŝanceliĝis dum mi vidis disiĝi hastege la potencajn murojn—aŭdiĝis longa tumulta kriegado kvazaŭ la sono de mil akvoj—kaj la profunda kaj mucida lageto ĉe miaj piedoj fermiĝis moroze kaj silente sur la eroj de **"UŜERO-DOMO."**

134